李欧梵————著

LEE OUFAN'S
LITERARY
LECTURES

李欧梵文学课

世界文学视野下的中国现代文学

中国出版集团 东方出版中心

图书在版编目（CIP）数据

李欧梵文学课：世界文学视野下的中国现代文学 /
李欧梵著. － 上海：东方出版中心, 2023.10
　（香江书系）
　ISBN 978-7-5473-2231-4

Ⅰ. ①李… Ⅱ. ①李… Ⅲ. ① 中国文学 - 现代文学 -
文学研究②世界文学 - 文学研究 Ⅳ. ①I206.6 ②I106

中国国家版本馆CIP数据核字（2023）第164104号

李欧梵文学课：世界文学视野下的中国现代文学

著　　者　李欧梵
策　　划　刘佩英
责任编辑　冯　媛
封面设计　钟　颖

出 版 人　陈义望
出版发行　东方出版中心
地　　址　上海市仙霞路345号
邮政编码　200336
电　　话　021-62417400
印 刷 者　上海盛通时代印刷有限公司

开　　本　890mm×1240mm　1/32
印　　张　6
字　　数　84千字
版　　次　2023年10月第1版
印　　次　2023年10月第1次印刷
定　　价　59.80元

总　序

　　2002年至2013年我在香港科技大学人文学部任教，这在我生命中留下了弥足珍贵的印迹。十二年时间不算长，也不算短。记忆像一叠老照片，许多印象久经岁月浸泡而模糊起来，有关香港的碎片仍色调浓艳。幼时有几部港片到上海，如《绝代佳人》和《新寡》，其女主角夏梦倾动一时，听我父母与隔壁阿姨爷叔谈起，比起周璇不知要好上多少倍，那种惊艳倾慕的情态难以描摹。那时我在上小学，该看的电影《鸡毛信》《董存瑞》等都看过，轮不上看港片，因此最初闪现在我记忆里的香港是一种声音、一个名字。现在想起夏梦，脑中便浮现她的银幕丽影，这些形象都是到了香港之后接收与储存的。

20 世纪 90 年代我在大洋彼岸的美洲大陆，其间时不时与香港发生关联，可说是种下了情缘。先是在加利福尼亚大学洛杉矶分校参加了李欧梵先生主持的中国现代文学的讨论班，开始读到张爱玲的作品，大受震动。小说里有几篇是讲香港故事的，她说是透过上海人的眼光来写的。我好似受了优待，读起来更觉亲和。其实她笔下的香港景物，像山坡上的豪宅或大学校舍、浅水湾的酒店，跟我的上海弄堂环境落落寡合，而她的稠软又富于嚼劲的语言，把我带回了家。她说她喜欢"雾苏"这个沪语，令我想起母亲，她说我"雾苏"，是责备我龌龊邋遢的意思，但因为张爱玲喜欢，就仿佛点石成金，把我过去不快的记忆也变得甜蜜起来。

后来在哈佛大学，我的导师李欧梵是十足的"张迷"，又对香港情有独钟。在讲中国现当代文学与文化的公共课上，他以电影作教材，这在哈佛大学是首创。第一部就是香港电影《刀马旦》，后来还有《胭脂扣》。他在费正清东亚研究中心建立了中国文化研究的工作坊，请来了不少香港学者，如郑树森、陈国球等，我也开始认识他们。那时李先生在兴致勃勃地撰写《上海摩登》，书中由张爱玲的小说激发了他的现代性想象，提出上海—香港"双城记"，展望这两座亚洲大都会在新世纪中的"世界主义"风采。曾几何时，我也不知不觉在这"双城记"中扮演了一个角色。

回想我的香港岁月，说不尽光风霁月、赏心乐事，但大部分时间和心力花在了教育与学术方面。这里就最近二十年来香港的大学文科、学术机制与中国文学研究的发展谈点个人的感想与反思。

1997年香港回归后恰逢全球化经济浪潮，香港的发展速度前所未有。或许可举地铁与大学为例，作个简单的比较。20世纪初以来港铁系统共有东铁线、港岛线、观塘线、荃湾线、东涌线等五条线路，而自2002年至2016年新增了将军澳线、西铁线、屯马线、迪士尼线、南港岛线等五条线路，还不计在原来线路上延长或派生的短线。与过去百年相比，港铁的发展速度可谓惊人。

从大学系统看，最早的是成立于1911年的香港大学，历经半个世纪，方才于1963年有了香港中文大学，直至1991年有了香港科技大学。此后如雨后春笋，截至2020年1月，逐次增加了岭南大学、香港浸会大学、香港理工大学、香港城市大学、香港教育大学、香港公开大学、香港树仁大学和香港恒生大学，共有11所法定的大学，这些学校大多为研究型综合性大学。数量不算多，近二十年来呈加速扩张趋势，那种力争上游的劲头令人瞩目。如树仁大学原先是树仁学院，恒生大学原先是恒生商学院，均属于私立学校。前几年这两校努力完善各项指标，先后向政府提出申请，经审核升格为"大学"。另外一个新势头是这些大学纷纷在深圳、珠海、广州等地设立了分校。

香港的大学体量有限，能量不小，顺应全球化潮流而追求国际化是一个共同特点。富于象征意义的是如果打开各校官网，就可以看到无不显示自己在"泰晤士高等教育世界大学""QS世界大学"或"U. S. News世界大学"排名榜上的位置。

很长一段时间里，港大作为香港唯一的大学，只用英语上课，至中大成立，宣称以中文为主教学，含有与港大对着干之意。科大是后出，以美式教育为主，采用多元开放的方针。科大要求用英语讲中国文学史，有人不以为然，觉得可笑。我在研究生班讲中国文学史，用的是普通话。同样有广东籍老师，也可用粤语上课。后来校方改革课程，加强英语授课，研究生写论文一律用英语，有的粤语课也不能开了。改革的理由是：培养人才应具世界眼光，应以海外市场为目标，要改变人才单向输入的局面。想想也没错，豪言壮语令人动容。

凡事不止一个面。科大人文学院分科不分系，分语言、历史、哲学、文学和人类学等学科，教师均为在美国获得学位或曾在美国大学执教的，且几乎清一色华人。学术上主要与美国的中国研究接轨，却具明显的本土姿态。教文学的有五六位，皆重视理论并从事跨学科研究，且强调各自的中国文学研究专长，同时在学术研究方面鼓励用双语写作。记得我入职科大不久，在《二十一世纪》杂志上发表了一篇文章，院长丁邦新嘱秘书从杂志上复印下来，放在我的信箱里。可见学术研究尊重自主选择，如在北美研究分析哲学已经寥寥无几，而在科大仍有一席之地。

只有五六个人专治文学，算一个小组吧，不消说不能跟港大、中大比，如果跟浸会或岭南的文学院比，也小得像麻雀。尽管如此，却五脏俱全，细碎而琳琅满目，学生写硕博论文在选题上十分自由，有的研究晚清"诗界革命"与南洋诗派，有的研究宋代"元祐"诗风，有的研究叶浅予漫画，有的研究鸳鸯蝴蝶派的《红玫瑰》杂志，简直是海阔天空，我也甘做"百搭"，乐收教学相长之果。

由于包容与开放，因此传统与新潮并行不悖，现代与后现代的缝接之处时时可见。其实香港的传统文化深有根底，如中大的中文教育与国学研究历史悠久，也是"新儒家"的重镇。但文学院有"文化及宗教研究系"，从"新批评"、法兰克福批判理论到"后现代"，一应俱全，相当西化、前卫，因此形成明显反差。李欧梵老师在那里授课，倡导跨文化研究，可谓一枝独秀。另如岭南大学有一百多年历史，是教学型大学，以"博雅"冠名，专注人文社会科学，曾被《福布斯》杂志评为"亚洲十大顶尖博雅大学"之一。另如浸会大学的文科也很强，文学院有饶宗颐国学院，由我的朋友陈致教授主持，令人赞叹不已。像这样的各种名目的文科机构在各校都有，如珠宝闪烁。

就中国文学研究方面说，最近看到一篇文章，讲 1949 年至 1979 年香港的中国现代文学研究，在史料整理与作家作品研究、文学史书写与鲁迅研究等方面都非常繁荣，并产生国际影响（李城希：《香港中国现代文学研究三十年，1949—1979》，载《文史哲》，2020 年第 3 期）。抗战之后至 20 世纪 50 年代，许多文人从上海来到香港，如戴望舒、叶灵凤、姚克、曹聚仁、徐訏、宋淇、刘以邕、张爱玲等，打造了"双城记"的一段文坛传奇。当然不限于现代文学的研究，在古代文学研究方面也非常繁荣；也不限于1979年，尤其在新世纪都呈现加速发展的态势。

在香港从事中国文学教学与研究的绝大多数是华人，有的是"海归"，有的来自内地高校。每所大学都有中国文学的教学与研究，无论古代、现代，还是诗文、小说和戏曲，皆为专家耕耘的园地，犹如一张中国文学地图，在世界的中国文学学术共同体中传播、流动与延伸。的确，在香港有关中国文学的学术活动频繁而多样，通过访问交流、国际会议和讲座等形式，尤其与内地学者保持密切的互动，在共同绘制这张地图。

还须提到香港大学教育的另一特点，即管治机制十分理性，规章制度的设置很细致。为了提升大学的国际竞争力，教育局不断改进管理手段，客观上起到了推进教育全球化的作用。大约在2010年前后，大学教育资助委员会对于科研项目的年度申请改变了以往优先资助几个重点大学的做法，放开让八所公立大学公平竞争。项目申请成功率影响到大学之间的实力评估，科大明显受到压力，于是想方设法加强项目申请环节，动员每个教师递交申请。另一环节是科研成果申报，各大学先后列出各地学术期刊的名单，国际上的如 SSCI 和 A&HCI 有章可循，主要是对大陆和港台地区的学术期刊排名，用以评估教员的学术成就。项目申请和科研成果都通过网上填表，表格愈趋精细，使人非常头疼。从某种观点看这些量化的做法与人文精神背道而驰，虽然引起质疑，但成为趋势，后来大陆有了 CSSCI，台湾也有了 THCI 和 TSSCI。

香港的大学图书馆联网系统对科研提供的服务是一流的。特别是馆际互借制度，如果需要的书本校没有，网上填一下，三两天就会送过来，不用掏一个铜板。如果借书逾期不还，电脑自动给你累计罚款，教授和学生一视同仁。有一回我放假后返校，几本书罚了两百多块。小我在嘀咕，大我说该罚，罚得应该，因为这个制度实在好。

那时我的朋友钱锁桥在城大，有一段时间我们走得近。我们谈起在香港教书做研究有得天独厚之处，如和东南亚近在咫尺，学术交流至为方便；用双语写作和发表，游刃于中西世界。虽然制度繁琐，竞争激烈，然而事在人为，如果安排得当，得项目资助而生产论文，届时结项又成书，照这么做事半功倍，岂不善哉。大约是他的林语堂研究获得大额资助，或许是那晚喝高了，我们说应该创造一个香港学派。过了几天提起此事，他说忘了，我也说没说过，于是哈哈一笑了之。

我认识刘佩英女士多年，一向佩服她的眼光与魄力。她告诉我她在策划一套"香江书系"，其"香江哲学"系列已经启动，此为"香江文学"系列，旨在为香港学人提供一个学术交流的平台，借以展示他们对中国文学的精彩想象与演绎，与读者分享探索的艰辛与欢快。我忝为主编，仅略叙我的香港记忆，对这套丛书由衷表达美好的愿景。

2021 年 6 月 29 日于上海兴国大厦寓所

目 录

第一讲

晚清跨文化翻译：
从林纾个案窥测帝末制文化心态

中国现代文学从晚清开始，有一百多年的历史。在过去几十年的学术活动里，林纾是我博士论文的一章。写博士论文已经是四五十年前的事情了，后来出了我的第一本书，叫作《中国现代作家的浪漫一代》。有关鲁迅的研究是我的第二本书，就是《铁屋中的呐喊》。当时自己写得最不满意的就是《野草》那一章，所以今天我要重新来探讨《野草》。那时施蛰存先生住在上海，我跟他有私人交情，我非常敬佩他，他是我的《上海摩登》那本书里面很重要的一章——借此机会来向施先生致敬，并且重新思考那一章所运用的方法。最后一讲是我最近的兴趣，特别是在上海，有一种张爱玲热，虽然我自己没有写过专论张爱玲的学术著作，但我参加过几次研讨会，写过两本小小的讲张爱玲的中文书，包括讲电影《色，戒》的那本。所以这样说起来，这本书对我个人作学术上的反省有

△ 《中国现代作家的浪漫一代》书影

△ 《铁屋中的呐喊》书影

很大的意义。

　　另外我提出一个视角，即所谓"世界文学"的视角。为什么提出这个视角呢？也跟我个人的经历有关。2014 年 7 月我受到香港城市大学和哈佛大学的邀请，在香港城市大学开了一个讨论班。这个讨论班把世界各地的年轻学者请到香港来，总共六七位教授，每个人讲一次课，讨论世界文学。世界文学这个概念，这个方法，现在正在起步阶段，在美国已经很流行了，我以自己的经验，用这个视角来探讨中国现代文学。

《世界文学理论读本》书影

什么叫作世界文学？顾名思义好像非常简单，目前的学术专著、各种理论已经很多了，我所用的基本理论来自哈佛大学教授达姆·罗什（David Damrosch）写的《什么是世界文学》（*What is World Literature*）一书。这本书很厚，可能已经有中文版了。这位教授和中国的感情蛮深的，他主编了一个理论集，叫作《世界文学理论读本》（*Theories of World Literature：A Reader*），英文版还没有，中文版由北京大学出版社出版。这本书里引用了很多世界上包括中国的几位重要的理论家所讲的关于世界文学的定义。

现在在文学研究上有一个共同的出发点，就是歌德的那篇演讲，其实并不是演讲，是他跟徒弟的谈话。那是欧洲第一次提出

"世界文学"这个概念，德文叫作 Weltliteratur，英文是 World Literature。歌德在一次谈话里特别提到中国，他说他看了一本用德文翻译的中国的才子佳人小说，这个才子佳人小说的内容和文风与德国小说完全不一样，人物之间都很客气，很有礼貌，风花雪月，写的风景也很美。小说里面展现的生活好像跟德国的不一样，所以他提出"世界文学"这个概念，跟中国有点关系。他说文学不能够局限于一个国家，或者一个地区，应该推广到其他的文化、其他的国家，这样才可以有一种比较上的作用。西方有很多研究比较文学的学者，也以这篇文章或者这本他的徒弟为他写的书作为基础。

从另外一个立场来讲，这个观点还是欧洲中心主义的，还是从欧洲本位出发的。18世纪初，德国还处于四分五裂的状态，法国已经开始统一了，法国的文学经过启蒙主义的影响，接受外来的影响比较多，而德国还是内在的东西多，因此，歌德说应该向法国学习，把视野打开。从这个立场来反省中国现代文学，似乎不成问题，因为中国现代文学从晚清以来，特别是在五四时期，基本上是开放型的，也就是说中国现代文学不是在闭塞的情况下兴起的，不然的话，怎么会有白话文？怎么会有新小说？怎么会有鲁迅呢？大家很熟悉，所有鲁迅和新文学的作家，个个都拥抱世界文学，只是每个人喜欢的西洋作家不一样而已。鲁迅、郁达夫这些人在日本留学，学到了很多东西，特别是郁达夫，他的德文也相当好，所以接触到德国文学。鲁迅是经过日文的推介，后来接触到苏联文学、东欧文学，他早期和他的弟弟周作人翻译过希腊神话，还有其他的东西，这个大家都非常熟悉。

"世界文学"基本上是各个不同地区的作家，在近世纪以来，或者说近二三百年来的一个共通的愿望。可是在这个愿望之下展现出来的文学版图很不一样，这就牵涉到研究现代文学、世界文学的一个问题，就是怎么研究？第一个是语言问题。歌德不懂中文，他看的中文作品是经由德文翻译而来的，而德文可能又是经由拉丁文、法文或者其他语言翻译过来的，中间已经相差很多了。现在"世界文学"一个基本的信念就是文学的经典是经得起翻译的，翻译是非常重要的。可是西方文学经典翻译成其他语种的时候，是不是在这个语言的系统里面站得住脚，很成问题。如果一个系统里面的一些书或一些作品，经过翻译的引介传到另外一个系统，在这个系统里面生根，开始影响或者说进到这个系统里面的文学创作的时候，两者就合在一起构成了"世界文学"的一个基本的出发点，这是目前达姆罗什和一般的西方学者所共同的信念。

说得浅白一点，放弃欧洲中心主义就是把欧洲的和东方的放在一个平等的地位，注重互动，可互动是不是真正的平等呢？有待于我们来考虑，来参考。实际上不见得是平等的，待会儿我们讲到小说形式的时候就可以看得非常明显。以现代中国文学为例，自"五四"以来，最重要的文类是小说，新诗还比不上小说那么流行。小说这个文类是怎么来的，当然是从西方传过来的。鲁迅的短篇小说用的叙事手法也是从西方传来的，更不要说茅盾的长篇小说。英文里的长篇小说叫作 novel，是非常特别的一种，不是随便一个东西都能叫 novel，而中国的"小说"就比较广泛。在五四时期，基本上是经日本传过来的。

如果我们把这个问题拉长，变成一种复杂的版图来重新看待，至少对我来讲有一些意想不到的收获，是以前没有想到的。尽管目前同意的学者还不多，但我仍然要郑重地提出来，就是翻译的作品应该构成中国现代文学的一部分。中国现代文学不应只包括创作，也应该包括翻译，因为没有翻译的话，至少有一半中国现代文学的创作不能完成，这个并不表示说中国现代文学的很多作品有点洋味，不见得，有时候你根本看不出来。鲁迅自己有很多原创性的东西，其中就有很多传统中国文学和西方文学的因素在里面。讲到这里我们要探讨的另外一个问题是，"世界文学"既然有版图的话，它怎么流传？翻译文本怎么旅行？这个文本的旅行经过了不同的文化土壤之后，它所结的果实也不一样，这是怎么一回事呢？

  大家知道西方有一篇很有名的文论叫作《理论的旅行》，是萨伊德（Edward Said）写的，他只是说西方的理论怎么可以旅行到其他地方，可是没有说理论在那个社会文化里面生根以后产生的新的理论是什么东西。文本更是如此，很多西方的文本进到中国以后，受到影响，又改头换面变成中国的文本，这就产生了一个非常复杂的问题。我并不是说所有的中国现代文学作品都需要从西方来找根源，不一定，倒过来也是一样，有的时候根源是很难讲的，特别是在所谓的过渡时期，它的根源本身就是一个问题。这又牵涉到非常复杂的一些名词的界定，譬如说什么叫作"文学"。我们刚刚讲"世界文学"，晚清没有这个词，这是一个西方的定义，是在19世纪末20世纪初经过日本，经过西方传教士的翻译，介绍到中国来的。

中国原来的文学不是这个意思，中国从孔子以来都注重所谓"文"这个传统，"文"是非常广义的，文化、文明，彬彬有礼，所有的哲学、礼教全部放在里面，这是一个"文"。"文"如何把它表现出来，变成了中国古典文学的出发点，这在表现上很不同，各种方式不同，那么形式上是什么形式？在中国传统里面重视文学的文类，什么是小说，什么是诗，什么是词，诗词歌赋之间有很多互动的地方。而小说是非常广泛的，什么叫作古文，待会儿会讲到。什么叫作"文以载道"，假如"道"就有好几种的话，那么"文"是什么呢？所以如果重新展示晚清这段文学实践的话，可以发现，包括文学本身都在演变。20世纪初期，文学研究会有位非常有名的学者叫作郑振铎，他写了一篇非常重要的文章，就是讲世界文学的，这篇文章被大卫·达姆罗什（David Damrosch）发现，译成英文放在他的文本里面。

郑振铎在1922年写的关于"世界文学"的文章，可以说是中国第一篇研究"世界文学"的重要论文。其中一个基本的论点引用了一位英国的文学史家莫尔顿（Moulton）的观点。莫尔顿是一位大英帝国主义的文学家，他提出了一种英国式的"世界文学"。他说英国文学不能故步自封，要学习其他国家的文学，于是就把英国文学和其他国家的文学合在一起，当然以英国文学为主，他把这叫作"世界文学"。郑振铎否认了这一说法，他说真正的世界文学犹如物理学、哲学一样，是一个学科，文学就是研究文学的学问，这才叫文学。文学有它的整体性、统一性，有它的方法，正好像哲学有它的方法，物理学有它的方法一样。这在当时是破天荒的说法。我想有了这篇文章，才会有 20 世纪 20 年代世界文学的研究，才会有文学系。目前中国好像还没有文学系，只有中文系、外文系等，在美国只有加州大学圣地亚哥分校有文学系（Department of Literature），文学系里面又分好多小组，中国文学小组、比较文学小组、理论小组，为什么呢？因为要讲求专业化，而真正的世界文学是不能够专业化的，世界文学是一个很笼统的概念。文学本身应该有它的统一性，这个是郑振铎的观点。

下面进入今天的第一个主题——林纾。讲翻译如果不讲林纾的话，中国文学史上会缺少一大块。从世界文学的立场来讲，翻译非常重要，中国最早大量翻译外国文学作品的就是林纾。大家知道林纾不懂外文，这是最大的反讽。他要经由他的几位朋友、同事做口译，而他的这些朋友、同事大部分只懂英文和法文。《茶花女》就是依靠一位懂法文的朋友翻译的。中国从晚清开始出现翻译，大量的翻译，西方文学基本上是以英国文学为主，日本也差不多，可是日本很快地加入了德国文学，而中国对于德国文学的介绍恐怕要到"五四"以后，或者"五四"之间。林纾翻译了一百多种小说，名其为"小说"，这个名词当时就有了，在翻译和流传时得到了界定。本来他的小说是在一些杂志上发表、连载的，比如《绣像小说》《小说林》等杂志。可是他的书越卖越好，这些书就变成了一个集子，一个系列，现在叫作丛书，商务印书馆定了一个名字叫作"说部丛书"，什么是"说部"？就是小说。这个名字是从中国传统来的，《汉书·艺文志》上说的"小说"是"小道"，属于道听途说，后来把所有正史、正经和各种思想、文学的文本都归到经史子集。

小说牵涉的范围非常广，到了晚清，就是19世纪末10年到20世纪初10年，合在一起共20年，特别是在20世纪前10年，就是1900年到1910年，是林纾的翻译非常流行的时候，他为中国通俗小说奠定了一个非常深厚的基础，几乎没有人不看林纾的翻译。跟现在没有人看林纾的翻译正好相反，原因很简单，现在的读者都是受到"五四"文化的洗礼，不喜欢看古文了。我以前也不看古文，大多看翻译文学，现在年纪大了，在香港受中文大学的逼迫，要我讲古典文学，于是我开始看《史记》，一看《史记》我就说似曾相识啊，为什么呢？林纾翻译的文笔就是从《史记》那里来的，所以我发现一扇新的窗户打开了，原来古文那么重要，这里面就牵涉到中国文学，特别是小说。当世界文学进入中国，就变成一个古文的问题。

这个问题说来明显，可是仔细研讨起来我觉得十分的复杂，林纾自认为是晚清的几位古文大师之一，他很高傲，瞧不起所有写古文的人，只瞧得起一位他的同乡——严复。严复翻译的是西方的政治哲学，林纾翻译的全部是小说，而小说的地位在中国一向比较低，所以林纾从来不认为他翻译的作品代表他古文的成就，可是他写的古文作品看的人很少，比如《畏庐文集》就很少有人看。他在五四时期编了大量的古文读本，看的人也不多，他最推崇的古文大师是韩愈，我受到他的影响，这次在中文大学讲韩愈，效果竟然还不错。所以古文、翻译、世界文学和中国文学这四者之间的关系到底是什么呢？研究这个问题的人太少了，在中国我所看到的学术著作里面，有人研究古文，有人研究古典文学，有人研究近代文学，有人研究现代文学，有人研究比较文学，但是互相接不上线，甚至可以说完全接不上线。然而在林纾的时期，这些线是全部连在一起的，那么我的问题就是，我们现在要怎么研究中国文学？中国近代文学就是从鸦片战争到五四运动这段时期，对我来说这是最重要的一个时期。

为什么呢？重要的一点就是从晚清到民初是承先启后的时期。"承先"就是用什么办法把以前的文学传统继承下来，"启后"就是怎么样开创一个新的时代、新的文化、新的视野、新的文体。"五四"对我们的影响就是太注重新的东西，觉得一切都是重新开始，新中国、新文学、新文化运动，全部都是新的，旧的都变成很坏的东西了。可是在晚清那个阶段的东西，是新旧混杂在一起的，当时没有人认为旧的是好的，包括林纾在内也不说旧的是好的，他只是说在创造新的过程里面，不要忘记旧的，在"今"的领域里面，不要忘记"古"的影响，这个"古"是一个活的东西，不是一个死的东西，其实我们现在听这个论点并没有什么特别的，可是在当时"五四"的那种语境里面是非常保守，甚至于是反动的，于是有人批评他，所以大家对林纾的印象，觉得他是一个老头子，食古不化，其实林纾不是这样的。下面我们稍微谈一谈林纾的翻译到底有什么贡献，他对于世界文学版图的勾画，做了什么？他的贡献是什么？

林纾的翻译方法不是每一次都是一模一样的。最初开始翻译是一个偶然的机会，就是林纾丧妻，我在第一本书里面写过了。他的一个好朋友跟他说，有一本小仲马的《茶花女》，我翻给你看看吧，两个人看了非常感动，由此开始了翻译。后来林纾的翻译工作不是当年那种即兴式的了，是有所选择的。他翻译的一百多种西方小说，是谁帮他选的？难道是他自己吗？不可能，因为他自己不懂英文，那么当时的这些西方的文本，我们暂且用"西方"这个词，是从哪里来的？我知道研究近代史的人已经开始对这个问题有兴趣了，这就牵涉到林纾生活的环境，他从福州到北京，在京师译书堂，京师译书堂是清政府建立的一个专门翻译西方书籍的机构，包括文学作品、科普读物，以及各种的教科书。林纾就在那里当班，拿薪水，他的翻译我推测是在那个时候经过他的同事，包括曾宗巩这些人一起完成的。现在翻译图书已经是一个产业了，出版社选了作品找译者翻译，林纾那个时代翻译的内容是他的朋友选的，这就牵涉到选择文本的趣味。到底他的品味如何？怎么来鉴定？每个时代的标准是不一样的，后来林纾也逐渐有了自己的标准。

在世界文学的版图里，有哪些英国的文本进入到中国呢？莎士比亚的作品没有进来，但莎士比亚的故事进来了，查尔斯·兰姆（Charles Lamb）的《莎士比亚戏剧故事集》（*Tales of Shakespeare*）是一本给小朋友看的书，林纾把它译了出来。英国侵略中国的时候，大量的货物是通过轮船从英国利物浦或英国其他的港口经过中东、印度来到中国的，第一站是香港，然后是上海。随着货物一起进来的还有大量图书，包括英国的杂志等，一部分是比较通俗的读物，还有一些知名的作品。那时候西方的文学经典进入中国的基本上是通俗类，19世纪末比较精英的文学和文艺腔的东西后来在五四时期才传入中国，譬如王尔德、康拉德（Conrad）等人的作品。尽管这些人当时已经开始写作了，也已经出了书了，但林纾不知道，也没有其他人翻译过。康拉德是后来老舍发现的，王尔德更是后来田汉介绍进来的。所以当时最有名的作家是谁呢？有一位叫哈葛德（Rider Haggard），目前没有人知道他是谁了，林纾翻译最多的就是哈葛德的作品。这个人是非常大英帝国主义的、非常殖民主义的一个人，可是林纾翻译得最多，他为什么会选择一个殖民主义的作家的作品，而不选反殖民主义的作品呢？英国不是没有，也有很多，比如康拉德的东西。这又是一个值得研究的问题。林纾翻译了哈葛德的作品之后，才发现原来英国有更好的作家，包括狄更斯，因此，他又翻译了狄更斯的作品，只翻译了 5 本小说，哈葛德的作品他翻译了 23 本。英国维多利亚时代的 50 年，差不多从 1850 年到 1900 年吧，50 年里面狄更斯是最有名的作家，名气大过所有的人，哈葛德虽然很流行很畅销，可是在英国的精英分子里面评价并不高。

《林纾与哈葛德——翻译的文化政治》
抽印本书影

我最近把研究哈葛德的成果出成了一本小册子，叫作《林纾与哈葛德——翻译的文化政治》，这里面牵涉的一个基本问题就是，现在大家研究后殖民理论最有兴趣的殖民主义的文化侵略路线是什么。"文化侵略"是很厉害的字眼，我们换用一个中性的名词——英国的商务活动。这个路线是怎么过来的？换言之，英国的商务活动里面流传变成一个很重要的东西。文本的流传，怎么从原来的地方进入一个新的地方，从一个文化进入另外一个文化？在晚清的语境里面，流传走的是殖民主义的路线，是通过英国殖民主义从东印度公司的轮船传递的，譬如说贩卖鸦片，后来不卖鸦片了，运来了英国的书。最近有不少印度学者在研究，印度的读者当时读的是英国什么样的文学？研究结果跟中国差不多，发现哈葛德的作品也是名列前茅。这些书是怎么来的呢？英国殖民主义者把这些书带到印度，放在图书馆里面，很多印度人在图书馆里面看到的。他们最喜欢的有两个人，一个是哈葛德，一个就是司各特（Sir Walter Scott），这两个人也是林纾很喜欢的，也是我今天要讲的主要的题目。

哈葛德和司各特两个人作品的基本内容都是探险、冒险，是尚武的、打斗的，也有言情的。言情小说在印度的影响要比中国大，因为有印度的学者专门研究维多利亚言情小说对整个一代印度人的影响，可是在中国，到目前为止只有台湾一两位学者在研究相似的内容。哈葛德的言情小说在中国的接受程度到底如何？据我所知，在中国并没有多少人看。原因是什么呢？因为中国言情小说的传统非常深厚，哈葛德的言情小说进来之后比不上中国原来的言情小说，比方说《红楼梦》。可是在探险、打斗、尚武等内容方面，哈葛德和司各特的作品正好填补了这个空白。

难道中国就没有打斗、尚武类的文学作品吗？当然有，司马迁的《史记》里面有多少打斗的场面？我最喜欢的就是《项羽本纪》，每次读都有新意，那里面多少次战争，多少个英雄，更不要说《史记》里的《刺客列传》《游侠列传》，也是各种打斗场面。英雄在中国早期古典文学中占有非常重要的地位，可是到了宋明以后，在中国的文学版图里对英雄的描写少于对文人的描写，或者说少于对儒家文人的描写。"三言"里面几乎没有打斗场面，唐传奇还有一点，如《虬髯客》里的英雄，"三言"里面基本上是对市井人物的生活描写，饮食男女很多，神仙鬼怪也有，唯独少了打斗场面。

西方的中古文学到了18、19世纪有一个很重要的传统，就是西方史诗的传统。中国不是没有史诗，有，可是跟西方很不一样。西方史诗的传统是以打斗开始的，不只是荷马的史诗，还有冰岛的史诗，里面简直是血淋淋的，不知道死了多少人。荷马的史诗在中国，林纾没有介绍过，后来有人介绍了，一个是《奥德赛》，是探险类的；另一个是《伊利亚特》，后来拍成电影叫《特洛伊》，内容从头到尾都是打斗。一位叫作阿喀琉斯（Achilles）的英雄跟随希腊舰队到了现在的土耳其附近小亚细亚西北的特洛伊城的时候，生气了，这一气就把这个史诗带出来了。这位英雄我认为是项羽式的，就是"力拔山兮气盖世"的那种人物，他的结局一定是死。因为英雄的悲剧形象就是通过命运的悲剧展现的，不然不能够成为英雄，所以明明知道结局是死，可是为了身后的荣誉，他要死。

这和中国的三不朽思想很不一样，中国的三不朽是"立德、立功、立言"，当年的"立功"还可以有武功，后来没有了，基本以"立言"为主，所以留下的文字很多。英雄的传统，比如圆桌武士、亚瑟王等在西方一路流传下来，传到中古以后，特别是在英国，就和神话一起，产生了所谓的"骑士精神"。为什么英国有骑士精神呢？是因为骑士是贵族的一个很重要的阶级，英国的民主是由这些贵族和国王分庭抗礼经过几世纪争取出来的，所以骑士精神在英国非常重要。而把骑士精神用通俗小说写得最精彩的就是司各特。司各特来历不凡，我曾经在台湾问过英文系的老师有没有人做司各特研究。但很遗憾没有，美国大概也很少了，现在大家都以为司各特只不过是一个二流作家而已。18世纪最有名的文学作家是简·奥斯汀。《傲慢与偏见》被搬上电影屏幕多次，谁还会拍司各特最有名的小说《艾凡赫》（*Ivanhoe*），林纾译作《撒克逊劫后英雄略》

《艾凡赫》书影

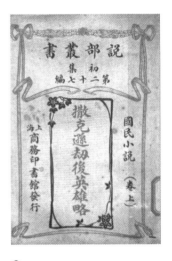

《撒克逊劫后英雄略》书影

电影《艾凡赫》中的泰勒

也没有人知道了。我小时候最喜欢看的电影就是《艾凡赫》。小学五年级，在新竹，我跑到一个大戏院里面去看，当时好大的广告牌，进去看了一场。后来我每次想起那个场面就兴奋得不得了，英雄骑着马，拿着一支很长的枪戈和一个盾牌往前冲，对方也是骑着马，两个人打了起来，一个人跌下马来，经过几次决斗，胜利的人拿了一个花圈献给他的美人，这就是骑士精神。

中国没有骑士精神，中国表现的是另外一种，在中国的武侠小说里，骑士变成中国的侠客，讲义气，那个"义"变成一个很重要的概念。西方骑士精神讲所谓的节操（honor），或者荣誉，而中国讲的是"义"，最高的荣誉是由义气表现出来的。武侠小说到了清朝，除了文康的《儿女英雄传》之外，还有《七侠五义》《小五义》

等，可是在文学上的造诣都不够高。

这就产生一个非常有意思的现象，西方文学经典经由一种通俗的道路翻译到中国来的时候，和中国文化接轨的并不是通俗文学，而是经过林纾改编或者翻译之后，变成中国的高级或者说高调的文学，在这个过程中西方的通俗文学和中国的精英文学产生错综复杂的关系。所以我们不能够把林纾翻译的东西定义为"通俗小说"，因为精英和通俗的意义没有了，或者说那个界限被打破了，这就是陈建华教授研究的领域了。其实在民国初年，通俗文学和精英文学一样重要，但是慢慢地就很难讲清楚什么是通俗，什么是精英了。因此林纾的地位就非常的重要，我在研究过程中发现他翻译哈葛德，后来翻译司各特，都煞费苦心，哈葛德的文章容易翻译，司各特的文章不大容易翻译。

今天的讨论以司各特为主，《艾凡赫》这本英文小说目前还可以买到纸质版，各位可以把前面三页读一读，很难读懂，太啰唆了。司各特在第一页介绍了英国的历史，用了一些啰唆的文字，他在特意模仿古英文，跟现在的英文差别很大。这些文字对于当时的翻译者，包括林纾的口译有什么影响呢？他们是怎么接受的呢？我们不知道，现在只能够从林纾的译笔里面看出来，这三页完全变成了林纾式的古文，重要的意义全部抓到，关于景色的描写超过司各特，可是英国的历史被简化了。英国的历史是非常复杂的，哪个国王传位给哪个国王，等等，他是搞不清楚的，我们现在也搞不清楚。可是我们可以窥测到为什么这本小说在那个时候那么受欢迎，从通俗的层面来讲，所有人喜欢通俗文学的一个原因就是打斗，他满足了读者的期待，而且情节紧凑。像这一类的作品，我们不能够称之为小说，应该称之为 romance，我把它翻译成"传奇"。比如《艾凡赫》，司各特在小说下面写了一个副标题——一个历史传奇（*A historical romance*），我在这篇还没有出版的文章里面把它定位为历史演义，因为中国最接近西方的 romance 的文类应该是演义，特别是跟历史有关的。如果演义是能够带进来的话，就大有文章可做了。为什么呢？《三国演义》大家都看过，到现在还有九十多集的电视剧，是根据小说改编的，不然就不会有九十多集的《三国演义》，因为《三国志》就没有什么好看的，里面的诸葛亮没那么厉害。演义是一个什么东西呢？是中国小说的前身。历史演义到后来越来越发达，几乎到了涵盖小说的层面。晚清林纾的时代，演义很明显地就进到了他所翻译的小说里，所以这个接壤、接轨或者说接枝是一个非常有意思的程序，只有像我这种闲人才肯花很多功夫去找其中的来龙去脉。

除了前面三页之外，司各特是怎么交代这个故事的呢？故事非常值得一读，主要人物据林纾说不超过 15 个，不像《水浒传》有一百零八将。情节也非常紧凑，都是各位熟悉的模式，武侠小说或者是好莱坞的电影，一定是英雄救美。中国的传统是，才子也好，英雄也好，一定要有两个女人爱他，或者更多。现在新式的恋爱是几个男人追求一个女人，以前是一个男人有很多女人仰慕他，于是就妻妾成群了。这个故事也是这样，有两个女人爱男主角艾凡赫，一个是贵族，与他同一族的贵族，另外一个是犹太女人，于是艾凡赫徘徊在这两个女人之间，各位猜一猜最后他和哪一个女人结婚了？当然是贵族。很多英国的读者很失望，说应该跟那个犹太女郎结婚，我当时看这个电影的时候也非常失望。因为演犹太女郎的是鼎鼎大名的伊丽莎白·泰勒（Elizabeth Taylor），而饰演贵族的琼·芳登（Joan Fontaine）已经没有人知道了，她的锋芒完全被伊丽莎白·泰勒盖住了。故事是英雄救美的俗套，然后就是英雄之间的比武，这就牵涉到英国的中古传统，就是我刚刚讲的荣誉（honor）的问题，两个人比武要遵守规则，才能达到个人的荣誉。既然是英国的骑士阶级，一定要遵守它的规则。这个规则现在看起来非常可笑，就是后来犹太女郎被诬告，被认为是巫妇，要把她像圣女贞德一样烧死的时候，艾凡赫突然说我愿意为这位女郎挑战，让上帝来决定她是否清白，于是另外一位也喜欢这个女郎的男士就和他对垒，结果那个人死掉了，死前才说我也爱这个犹太女郎。这情节有点现代意味，是两男一女的套路。

这个时候林纾就觉得很奇怪，这在中国是难以理解的，因为中国的侠客小说里面没有男人为女人而死的。金庸小说里恐怕也没有。而艾凡赫为了一个跟他没有关系的犹太女郎，为了她的清白跟别人决斗。西洋歌剧也有类似的情节，比如我最喜欢看的瓦格纳歌剧《罗恩戈林》（*Lohengrin*），最后那个女的快要死的时候，罗恩戈林骑了白天鹅进来，为她决斗，一下子就把对方打死了。西方的传统是从同一个骑士精神引申进来的。这种精神传到晚清的林纾语境里产生了重大的影响，已经超过了我刚刚所说的中国通俗小说的情节和人物了，已经不是痴男怨女，不是英雄救美的问题了，是牵涉到整个英国文化所代表的价值。这里我们就看到，林纾有一种非常独特的见解，完全植根于他对于中国传统文化的立足点。

在翻译一本狄更斯的小说的结尾时，他说，"吾华开化早，人人咸以文为胜"。我们中国文化开化得非常早，大家都以为"文"最了不起，这个"文"是跟"武"相对的，当然"文"比"武"更为重要。"流极所至，往往出于荏弱"，经过一两千年，大家都变得弱了。林纾又说，"泰西自希腊、罗马后，英、法两国，均蛮野，尚杀戮"，西方自从希腊罗马以后个个喜欢杀戮。1500年前，诺曼人开始进入英国，"始长英国，撒克逊种人虽退为齐民，而不列颠仍藩滋内地"，他开始讲英国史了，英国被诺曼人征服，所谓"诺曼人的征服"（Norman Conquest），诺曼底的贵族，就是来自法国的贵族，13、14世纪进入英国之后，开始和当地的撒克逊贵族斗争，最后撒克逊贵族战败，所以林纾把《艾凡赫》译为《撒克逊劫后英雄略》，那个"劫"是什么呢？是诺曼人带来的，艾凡赫是萨克逊人，他的敌手是诺曼人，一个很长的法国名字，我忘记了。当时的撒克逊贵族讲的是典雅的英文，诺曼人的贵族讲的是法文，后来这两个种族合起来叫盎格鲁—撒克逊（Anglo-Saxon），形成了现在英国的近代文化。所以林纾说，现在英伦"区区三岛，凌驾全球者，非此杂种人耶?"因为他们混在一起了，这才使得他们的国力变得很强，只不过一个小岛，就很了不得。林纾又说，"故究武而暴，则当范之以文"，如果太崇尚武力的话，就会变得暴力，所以要把文质彬彬的礼节作为规范。然而"好文而衰"，太文雅、典雅的话，就衰弱、衰败了。"则文振之以武"，要用"武"把"文"振兴起来。"今日之中国，衰耗之中国也"，显然，当时的中国处于衰败之中，林纾对此深感痛心。

大家可能很难相信，晚清知识分子最关心的是灭种的问题，他们担心整个黄色人种都快要灭亡了。为什么有这么大的惊恐呢?因为西方的人种学、优生学就是在这个时候介绍进来的。有一本书也是林纾翻译的，是京师译书局让他翻译的，最近才被马泰来发现。人种学是把文化和种族合在一起的，所以林纾真正关心的是，一个大帝国经过两三千年的文质彬彬的教化之后，太过于文化了，才会受到列强的欺负，所以他提倡尚武，通过尚武来振兴这个国家。当然各位可以说这是他后来的诡辩，其实他是想赚钱，大家都喜欢看，于是他就拼命翻译。如果把这个逻辑放到他翻译哈葛德的语境来看就更特别了，是不是林纾也是一个种族主义者呢？他那么欣赏白人，不把中国人看在眼里，是不是不爱国？

其实不尽然，因为我最近在研究哈葛德，在林纾翻译的那么多的哈葛德的小说里面，我觉得最好的、他最看重的就是 *Nada the Lily*，中文叫作《鬼山狼侠传》。这本小说几乎没人注意到，为什么没有人注意呢？因为当时研究林纾的朱羲胄把 *Nada the Lily* 的中文名字搞错了，后来经过马泰来的纠正，大家才知道原书叫 *Nada the Lily*。这本小说在香港还能找到，于是我拿来看，发现确实写得不错，是一个非常有意思的文本。大英帝国的白人统治者到了南非，哈葛德自己是到过南非的，他同情南非人，同情黑人，同情当地的祖鲁族。大家可能看过一个电影叫作《祖鲁》(*Zulu*)，就是讲在布尔战争的时候，祖鲁族和白人对抗，祖鲁族勇敢得不得了，英国人摆开军阵用枪攻击，祖鲁人一轮一轮地向前冲，到最后赢了，但没把白人全部杀死。《鬼山狼侠传》讲的就是祖鲁族的开国史、创业史，讲一个英雄小时候受到奸人所害，在荒野里面被狼带大，所以书名叫作《鬼山狼侠传》。这个典故是古希腊就有的。

有个电影叫《300》，里面的英雄最初也是在大荒野里面磨炼，也是和狼在一起生活，情节很相似。

我觉得林纾翻译的《鬼山狼侠传》铿然有声。可是现在只有我一个人觉得这部小说好看，没有人响应，大家都认为哈葛德写的另外两部小说比较有名。一部叫作《她》（*She*），林纾译为《三千年艳尸记》，讲一个三千年古尸，一个艳尸。那个女的漂亮得不得了，因为爱情的关系从古希腊、古埃及跑到非洲，被藏在地底，结果被英国探险家发现了，发现的时候她竟然还活着，于是和探险队里的一个成员产生爱情，中间发生了各种曲折的故事，后来女人死了。这个故事大家可能很熟悉，现在很多好莱坞电影就是根据这个故事改编的。另外一部小说叫作《所罗门

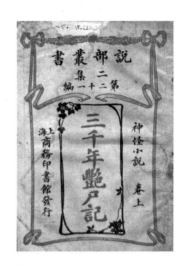

《三千年艳尸记》书影

王的宝藏》（*King Solomon's Mines*），讲探险家到了非洲发现了大量的珠宝。所罗门王出自圣经里的典故，也是来源于古希腊。从上面两个例子可以发现，在哈葛德的探险小说里，也蕴含了他的文化抱负。他同样觉得英国太过注重"文"了，他发现在非洲的那些英国绅士个个文质彬彬，于是他说不行了，大英帝国要亡了，要被你们这些文质彬彬的人葬送了，所以他推崇非洲人的尚武精神，要在小说中创造出几个英雄人物，因此在他的作品中白人跟黑人是好朋友。特别是在《所罗门王的宝藏》里，因为黑人成为国王之后不能比武，白人最后代替黑人去比武，然后把敌人杀死了。

同一时代的两个作家，一个哈葛德，一个林纾，同样推崇尚武，同样推崇自己心目中的英雄，可是出自完全不同的解释，而这解释只能说是对等的，因为大英帝国在哈葛德眼中开始衰弱了，尽管当时英国国力很强，而在林纾的心目中，大清帝国当然也是衰弱得非常厉害，无可救药了。用现在的眼光来看，哈葛德的小说种族气氛太强，我看了十几本后殖民主义研究哈葛德的书，没有一本是赞扬的，全部是骂他的，一本比一本骂得厉害，说这个人太要不得了，完全是在欺负有色人种。我猜这些人里面没有人看过《鬼山狼

李欧梵文学课：世界文学视野下的中国现代文学

侠传》，因为写这些书的作者没有人提过这本书，西方学者也没有研究这个的，我觉得非常奇怪，难道这个盲点被我发现了？我希望我的感觉是错的，这一点在这里先存疑。

回到林纾，经过对来龙去脉的分析之后，我发现我们对于林纾的看法从开始就有偏差，把他定位成一个食古不化的古文大家。他在晚清是不是一个非常保守的人物呢？其实不见得，比他保守的还大有人在。另外一个疑问，林纾翻译了这么多小说，并且拼命地推崇古文，是不是只有他自己在孤军奋战，别人觉得古文早已过时了呢？

我认为绝不是如此。晚清很多人都认为自己是古文大家，特别是桐城派，像姚鼐这些人。当时作为知识分子是一定要写好古文的，古文学好之后才可以写小说。当时大家念书都是从四书五经开始，在私塾念的都是古文，古文是两千年来中国文化教育一个重要的部分，但古文本身并不是一成不变的。我最近看《左传》《史记》，觉得很难。《史记》还可以，《左传》很难懂。看到韩愈，发现他的墓碑文比较容易懂，《祭十二郎文》是最容易懂的，可是看到他的《原道》的时候，有的地方就读不懂了。为什么呢？因为越古的语言越难懂，他用的动词很特别，非常简洁，跟现在的白话文不一样。我常常犯的错误就是把两个字当作一个词来看了，比如"衰弱""衰亡"，在古文里是应该分开来看的，一个是"衰"，一个是"弱"或"亡"。明清以后的东西，比如《传习录》《日知录》等就比较容易了，语言已经比较口语化了。

现在文学上教小说的时候，最多教到"三言"，传奇也许有人教，比方说唐传奇。至于魏晋志怪，鲁迅喜欢看，一般老师恐怕已经不教了。其实中国的古文在各个朝代里有各种不同的变化，就狭义的古文而言，我们现在所说的散文、议论文都算在里面了。可是介于古文和诗词之间的东西，像赋、各种墓碑文，在文和诗之间有了各式各样的变化，更不要说骈文了。所以到了林纾的时代，古文的遗产已经相当丰富了。现在我们受到"五四"的影响，把古文一股脑儿当成一个很不好的东西，觉得已经过时了。

如果过时的话，为什么不直接用拉丁拼音呢？当时有人做过，把口语用拉丁拼音做出来，干脆放弃汉字，但是做不到。各位如果把说话和书写放在一起的话，古文的影子还是存在的，因为中国的文字本身就有上古的影子，比方日月变成"明"，那个"日"字原来是什么东西？我最近发现"正义"的"义"，就是武侠小说里讲的那个"义"字，它原来古文的意义是和军事有关的，因为其字形和盔甲相关，所以这一类的东西是怎样进到了古文的范畴里面的？到了林纾的时候，他对于古文自然是不能一夕之间就放弃的。

可是他有偏执的地方，就是只认定他所崇拜的四位大家，司马迁、班固、韩愈，另外还有一位我忘记了，他用他最崇拜的古文来翻译西方的小说，是不是可以完全翻译出来？比如里面讲的儿女情长、艳情，还有一些大胆的描写、打斗，等等。其实林纾在不知不觉间已经把大量中国的通俗小说放在他的词汇里面了，他只是不说，不承认。各位如果细读的话可以发现，古文的范围已经非常宽了，他把传奇志怪，以及各种奇奇怪怪的语汇，包括艳情小说、笔记小说等，已经放在当时他翻译的古文里面了。换言之就是说，林纾创设了一种翻译古文——用来翻译的古文，一个次文类，而这种古文几乎和他自己崇拜的古文分庭抗礼。在他创设的翻译古文里面很多翻译名词出来了，名字也出来了，很多典故也要翻译出来，于是很自然地就把西方的一些知识带进来，带入他的翻译古文的范畴里面。所以可以说，古文为中国的世界文学奠定了一个基础，在同时期以白话翻译的西方文学作品和林纾用古文翻译的不能比。"五四"以后所翻译的东西，比如鸳鸯蝴蝶派，同样是新知进来的时候，往往是通俗文学介绍得多。特别是把电影也介绍了进来，所以这个遗产对我来讲是值得反省的，这些东西在我的论文里都没有讲过。

最后我想谈一个方法学上的问题，就是我们怎样用世界文学的视野来看待中国现代文学的发展。这就牵涉到一个文学史的问题。如果我要写文学史的话，我会把形式放在第一位，因为到目前为止，我认为除了陈平原之外，还没有任何一位学者用这种方式来写。陈平原有一本早期的书，讲中国文学的叙事模式，就是从形式开始的。而形式之所以这么重要就牵涉到世界文学的方法和理论。因为古文也是非常注重形式的，形式不好、抓得不稳，就写不好古文。比如古典音乐，不懂基本的乐理，什么是主题什么是变奏，也很难处理好。类似的，世界文学所引起的问题基本上也是一个形式的问题。

再缩小一点，就是所谓的小说了，林纾翻译的大部分都是小说。意大利学者莫莱蒂（Moretti）在他的三篇讲世界文学的论文里特别提出来，说小说 novel 这个词，我们把它叫作长篇小说，是欧洲的东西。具体到不同的文化语境里面就完全变质了。几乎所有的国家在 19 世纪末 20 世纪初开始提倡新文艺、新文学的时候，都不约而同地把小说放在第一位，比如日本和土耳其，我只知道这两个国家。日本是一个非常明显的例子，因为在日本，小说有非常深厚的传统，但它不用小说这个词。如《源氏物语》叫"物语"，不是"小说"，日语叫作ものがたり。日本的小说是怎么开始的？也是从西方进来的。所以我们讲得更浅显一点，小说是源自西方的形式，之后到了不同的语境里改头换面。莫莱蒂提出一个主张，世界文学不是一个静止的东西。当时歌德看世界文学的时候，好像在隔岸观火。世界文学的动力是波浪式的，进到土耳其，进到中国，就在海岸陆地上生根。总的来说，这大概是文学史上的一种进化论，文学史是一浪一浪推进来的，启动了本土文化主流形式的变化，一些原来处于边缘的东西就兴起而成为主流。

西方的 romance 不是小说，也不是史诗，而是介于两者之间的东西。所以晚清文学，除了林纾的翻译，小说大量出现，小说的形式非常丰富，像科幻之类，为什么以前没有？因为时代发生了变化，进入到一个全球流动的时代。新的东西不知道怎么创造，就把一些旧的边缘的东西改头换面，晚清的杂志就是这样。还有像《老残游记》这类小说，是把当时的翻译小说和创作小说并置。当时新小说主流只有梁启超，读梁启超的是谁？基本都是一些知识分子。这个现象使得晚清文学变成跨文化研究非常重要的领域。我到处呼吁这个问题，台湾已经有人响应，成立了一个维多利亚小组，因为研究晚清文学必须要理解维多利亚时代的文学。

如果晚清是要把世界带进中国，"五四"就是要把中国带向世界。"五四"时期是有作家直接和西方作家通信的，比如20世纪30年代有人就和罗曼·罗兰通信。他们心目中的文学版图已经具有了世界性。我们进入了一个全球化的时代，一两种语言就不够了，我们现在的人需要懂得多国语言，才能了解晚清文学的全貌。比如当时的奥匈帝国，文化已经发展到极致，在上海也曾经有领事馆。它的版图包括奥地利、匈牙利，后来的捷克斯洛伐克以及南斯拉夫的一部分。20世纪初有杰出的音乐大师马勒，整个地把传统推翻了，所以西方现代主义是从那里出来的，而不是从英国，英国当时比它落伍。这个观点就一个人知道，就是施蛰存先生。他是第一个把维也纳作家显尼志勒介绍到中国来的。当时弗洛伊德看了显尼志勒的小说，非常欣赏。我们进入一种世界性的文化史研究领域，就非常有意思。晚清所代表的不仅仅是一个帝国政治上的衰亡，而且是一个大变局。我们会看到那时候的小说作品如何表现帝国的衰落。同时，西方的潮流进来，是一种杂七杂八的潮流，不是精英的，不像日本明治维新的时候，是派专家到西方取经，介绍的都是西方的精英文学。西方的小说进来，船要先进入上海，再到横滨，所以上海的流行小说非常时髦。这些问题都需要从文化的视角加以观照。

丁晓萍：林纾用古文翻译小说，是不是和他自己的文化立场有关系？我觉得他可能还是站在一个精英的立场。晚清时期推广白话文的目的其实是为了开化民众，林纾的翻译是没有这样一层东西在里面的。他的那种精英意识决定他不会想到用白话文来翻译，而且他也不会认为他翻译的那些言情小说、冒险小说是通俗的。是不是可以这样理解？

李欧梵：是这样的，他自己是一个精英分子，精英分子理论上是不喜欢通俗类的东西的，可是他偏偏翻译了大量的通俗文学。我觉得他这个人充满了矛盾，表面上是精英的，他完全服膺梁启超、严几道那些说法，他写的序也是冠冕堂皇式的。可是他又说他老了，他很虚弱了，他做不到了，就是一副那种颓废式的精英主义的心态。林纾瞧不起晚清其他的小说家，觉得他们的文章写得不好，他的保守性可以说就在于此。可是我觉得他的实践其实跟他的心态不完全一样，他在文字的实践上面，把古文的范畴拉开了，把一些半白半文的东西加进来了。钱钟书先生也提到过，如果他能够带一些白话进来，可能会更精彩。

第二讲　反思鲁迅：
含传统转折的现代主义

多年前我写过一本讲鲁迅的书《铁屋中的呐喊》，最不满意的有两章，一章是《鲁迅和左翼文学》，就是最后那部分；另外一章是讲《野草》的，我个人花了很多时间研究，可是写得却很弱。各位如果看过我的那本书可能记得，关于《野草》的那章刚好是在我的书的中间部分。我觉得《野草》应该是鲁迅整体创作的中心。它的主题是光明的也是黑暗的。这个集子非常特别，我在1981年受邀参加鲁迅诞辰一百周年纪念的时候，就想提供一篇论文讲鲁迅的《野草》，后来有人劝我，让我最好不要讲《野草》，于是那次我就没有发言，当时《野草》还是一个相当受争议的题目。现在没有问题了，很多人研究《野草》，几乎里面的每一篇文章，每一首诗都有人研究。现在的学术语境和过去相比是非常不同的，相当开放，所以我想从现在的语境来重新探讨鲁迅。

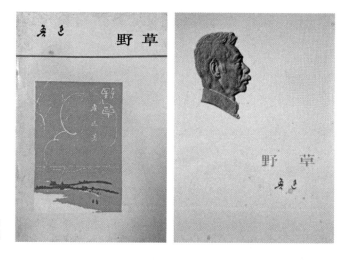

　　我在多年前，应该是 20 世纪七八十年代写鲁迅的时候，遭遇到一个困境，这个困境是什么呢？就是我当时从历史转向文学的时候，发现鲁迅的《野草》对我来说最大的挑战就是它的文体，它的形式，既不是杂文又不是诗也不是小说，叫作散文诗。这个名词在当时不是鲁迅发明的，很可能散文诗这个定义也是别人加给它的。可是我们可以很明显地看出来，这个集子是非常特别的。鲁迅自己晚年也曾经说，《野草》表达了他那个时候的心情，后来写不出来了。所以这种特别的创作语境对我来说，是一个很大的挑战。以前，包括我自己和研究鲁迅的其他学者，都是从鲁迅的心情和他所

处的政治社会的环境来探讨的，但我觉得这样不够，如果是这样的话，他为什么不写小说、不写散文、不写杂文呢？而且里面有很多随感录之类在其他的杂志发表，后来收在他的杂文里面的东西，也可以代表他的一种心情。换言之就是，纯从内容来进入《野草》是不够的，因为《野草》毕竟是几首散文诗。在《铁屋中的呐喊》中，我是从中国传统文学的语境去界定鲁迅散文诗的意义的。可是我知道鲁迅当时受到西方文学的影响很大，所以我今天要重新回过来，把它放在另外一个坐标系统来看，就是鲁迅和欧洲文学的关系。

如果说鲁迅和欧洲文学有关系的话，关系最密切、最吊诡、最复杂的就是《野草》。研究鲁迅《野草》的各位同行都知道，《野草》很明显受到波德莱尔的影响。波德莱尔的散文诗其实相当多，下面要考证鲁迅看的是哪几篇，这些散文诗在波德莱尔的诗作里的地位，以及它的意义是什么。我不是研究波德莱尔的专家，不过我想用对等式的方法来研究，就好像音乐中两个旋律在同时进行，互相碰撞。

《野草》是鲁迅在 1924 年到 1926 年间创作的，那个时候世界文学界发生了什么？1924 年，卡夫卡死掉了；T. S. 艾略特的《荒原》出版了；法国普鲁斯特的《追忆逝水年华》非但出版了，而且在法国正式受到承认。当时法国文坛的太上皇是纪德（André Gide），他的几本有名的小说都是那个时候出来的。俄国进入了所谓的"白银时代"（Silver Age），很多俄国的现代诗人都是那个时候出现的，包括鲁迅钦慕的马雅可夫斯基等。日本当时是大正时代，明治时代结束以后开始了新的文学转变。在大正时代，有一种新的所谓"私小说"的文学形式出现。还有美国的菲茨杰拉德（F. Scott Fitzgerald），你们看过的《大亨小传》（*The Great Gatsby*），就是那位作家写的。费兹杰罗也是 20 世纪 20 年代起家的。后来不久，海明威这些人就流浪到巴黎去了，所以当时的欧洲，当时的世界文学，有一些新的东西出来了。

从欧洲文学的立场来讲，他们个个都读波德莱尔，波德莱尔已经变成经典了。法国诗，法国象征诗，对于整个一代的欧洲人，特别是对英国诗人的影响非常大，T. S. 艾略特公开讨论法国的一些后期象征主义的诗人。那个时代在欧洲，诗的意义是什么？这是一个世界文学问题，也是一个比较文学或者是比较文化研究的问题。

鲁迅的《野草》和欧洲一九二几年的时候有什么联系？可以肯定的是鲁迅从来没有看过我刚刚讲的这些东西，只看过波德莱尔。他不知道卡夫卡是谁，纪德也不一定知道，艾略特绝对不知道。卡夫卡当时根本没有名气，不只是鲁迅不知道，很多人都不知道，只有德国的几个年轻艺术家知道，卡夫卡是到了20世纪四五十年代以后在美国学界才出了名的。

现在我们公认卡夫卡是欧洲现代主义的大师，是个重要的人物。当时不管是艾略特也好，鲁迅也好，他们对于自身所处时代的那种文化的感受，心理上开始有一种焦虑，想用诗的形式来表达一种20世纪现代人的感觉，或者说现代诗人的感觉，而这个感觉和19世纪中期波德莱尔所提倡的那个"现代"，所谓 modernity，现代性的感觉，已经差了几十年了。20世纪20年代中期欧洲诗人对于自己的诗的传统的反思，是两重的。波德莱尔的现代性和20世纪20年代的所谓现代主义的高潮（high modernism），是在那个时候发生的。中国没有这个名词，没有人认为鲁迅是现代主义者。欧洲为什么这个时候才发生所谓高潮式的现代主义，而不是更早呢？

一个很重要的原因就是第一次世界大战，第一次世界大战发生在 1914 年到 1918 年。中国参战了，不是派军队，而是派了一些劳工过去。中国有知识分子知道第一次世界大战，但当时中国对于第一次世界大战有反省意识的人都不是"五四"的健将，而是像梁启超或者当时《东方杂志》的一些现在被认为是比较保守的编者，他们反而看到了第一次世界大战对于欧洲文化的影响。欧洲文化之所以有一个大的转折，也是从原来的传统和现代主义的传统之后，再转折，变成一种我们公认的现代主义的高潮，可以以《荒原》（*The Waste Land*）作为代表。

《荒原》在中国有非常好的译本，就是赵萝蕤的译本，是 20 世纪 40 年代开始翻译的。里面用了各式各样的隐喻，特别是死亡的隐喻、干枯的隐喻、佛家的隐喻，来把欧洲文明的这种景象，作了非常诗意化的处理。艾略特自己是一个相当保守的诗

《荒原》（英文版）书影

人，可是他写出了一个非常偏激的东西。更重要的是《荒原》的语言，从最高级的希腊罗马式的隐喻一直到贩夫小卒唱的小曲都有，所以后来这首长诗变成了经典。当时这首诗是受到一位高手指正的，这位高手就是庞德（Ezra Pound），而他成为诗人是受了中国诗的影响。他发现中国的诗是很特别的，不需要主词，于是他就写出他自己的所谓的意象诗，间接地影响了艾略特。艾略特曾拜他为师，他也曾帮艾略特修改诗稿。这个现象，我们可以说是回归了欧洲现代主义，至少这个第二波的现代主义事实上是对于整个欧洲文明的反省，反省的结论是相当悲观的。然后才进入 20 世纪 30 年代欧洲的所谓"左翼时代"，左翼知识分子时代，因为法西斯起来了，左翼分子为了世界和平要反对法西斯，所以气氛又改变了。

鲁迅写作的 20 世纪 20 年代，当时的中国也是青黄不接、军阀割据。大家都知道鲁迅的私生活受到很多困扰，比如跟他的弟弟不和，等等，可是这些都不足以构成他写散文诗的原因。我们看他的散文诗，是需要精读的，要一篇一篇地细读。当时鲁迅写作的时候并没想到要写一本叫作《野草》的散文诗集，可能写着写着觉得这些东西思绪上有相似的地方，于是就编成了一个集子。

他的题词是 1927 年写的，他后来看到里面有什么东西在闪动，就是"野草"，一个中心的意象，所以把这个集子题作《野草》。大家都很熟悉，野草是"生命的泥委弃在地面上，不生乔木，只生野草，这是我的罪过"，鲁迅通过这种反话式的个人追寻，最后讲到野草，说地火把野草烧掉好了。他说自己的这些诗不是鲜花，不是百花齐放，是一种野草，有一种干枯（arid）的感觉，野草不是丰润的。如果作一个比较勉强的对照的话，这就是中国式的荒原，可是他用的是野草的意象，不是荒原的意象，因为荒原这个典故在西方可以找得到，在中国比较少，中国很少有人用荒原这个词。中国的古诗里讲田野、田园的时候，很少写蛮荒的东西，都是山水啊树木啊，所以用野草就顺理成章了。

再继续看鲁迅的那篇《秋夜》，特意放在全书的第一篇，和《野草》可以合并起来作为整个集子的一个基调。这个基调是秋夜，不是冬夜，不是春夜，不是夏夜，为什么是秋夜？中国的旧诗里面讲秋夜的特别多，讲秋天的也特别多。抗战时期很多诗人，不约而同地从西方现代诗吸收的一个主题就是秋天。后来燕卜荪（William Empson）在西南联大讲学的时候，他的几位徒弟模仿西式的诗，写得最多的也是秋天。所以简单地说，《野草》写的是什么？是一种意象，一种气氛，一种诗的境界，它是用一种植物或者说是用一种大自然的风景进入到一个诗的境界里。

《野草》到底和波德莱尔的《恶之花》有什么关系？我们现在研究波德莱尔，把他当作法国第一位城市抒情诗人，是受到本雅明的影响。本雅明的名作《发达资本主义的抒情诗人》，里面就特别用波德莱尔作例子。讲他作为一位诗人，怎么对于他所处的大都市风景作一种寓言式（allegory）的处理。本雅明提出了所谓的都市漫游者（flaneur），他和都市的群众，和都市的购物中心（shopping mall）的关系，这一切都属于资本主义影响下的巴黎这个城市。我们再从这个立场来看波德莱尔的散文诗的话，里面有几篇是特别突出的。我在美国第一次在加利福尼亚大学洛杉矶分校（UCLA）教波德莱尔和现代主义的时候，特别请了一位高手帮我，就是非常有名的苏源熙（Hann Saussy）教授。他掌握了五六国语言，也懂得中文。他建议我选择几首诗，我记得他提出来的第一首就是《天鹅》（*The Swan*），诗里讲巴黎街景的时候，突然有一只天鹅跑过来了，然后讲到希腊典故，似乎是把一种很远古的情绪突然带进一个现代的都市里面。另外一篇是《腐尸》，讲大街上突然出现一个女人的腐烂尸体，当时引起很大轰动。另外一位马克思主义文学批评理论家詹明信（Fredric Jameson），特别喜欢举的例子是两首波德莱尔讲秋天的诗，《秋天一》和《秋天二》。

对我来讲，波德莱尔的诗并不是那么简单的，它的背后有一种焦虑，体现在他的有关"现代性"的名句里。他说现代性是短暂的、善变的、瞬息即逝的。法文或者英文，一般都用这三个形容词：fleeting，transitory 和 ephemeral。我每次上课特别注重后面那一句，他说，现代性是艺术的一半，另外那一半是追求永恒。永恒是什么呢？永恒就是艺术的永恒，就是中国所说的"不朽"。艺术品在西方古典传统里是不朽的东西，所以才有灵气（aura），才使人感觉到蒙娜丽莎是不朽的，复制品不行。

从这个立场来看，其实波德莱尔是介乎传统和现代之间的人物，他发明了一种很新的文体，就是抒情诗。相对于法国非常严谨的古典诗而言，抒情诗比较自由，但是有韵脚。你要看抒情诗的法文版的话，它是有尾韵的，中间有韵律，好像音乐的韵律一样。我们不妨把《野草》的两篇和波德莱尔的题辞对比来看。波德莱尔的题辞是一封信，写给他的一位法国朋友，叫作 Arsène Houssaye，这里有中文翻译，里面提到他特别欣赏的一位诗人，叫作贝特朗（Bertrand）。贝特朗写了一首诗，叫作《夜晚的幽灵》（*Gaspard de la nuit*）。我为什么知道这首诗呢？因为我很喜欢音乐，拉威尔（Ravel）有一首钢琴曲就叫《夜晚的幽灵》，很有味道。所以他引经据典回到波德莱尔最喜欢的一个主题。他对主题的界定就和什么是散文诗有关。我读中文翻译好了的："我们当中谁没有在他怀着雄心壮志的日子里，梦想过创造奇迹，写出诗的散文，没有节律，没有脚韵，但富于音乐性，而且亦刚亦柔，足以适应心灵的抒情的冲动，幻想的波动和意识的跳跃？"

当我们看中文译文的时候，感受不到音乐的韵律，但是看看法文，韵律马上就出来了，这就是所谓的节奏感。换言之他所创造的，就是这种音乐式的节奏感，不过它的尾韵就自由得多。严格的法国古典诗和中国古诗一样，对尾韵的要求非常严格，字数上也有限制。

鲁迅的题辞的韵律性就非常明显，特别是最后的那段，他用一种重复把他的矛盾性提出来了："天地有如此静穆，我不能大笑而且歌唱。天地即不如此静穆，我或者也将不能。"正好像音乐上一个主题一个变奏，一个主题一个反主题一样，因为他在"天地""静穆"这四个字里面转，下面："我以这一丛野草，在明与暗，生与死，过去与未来之际，献于友与仇，人与兽，爱者与不爱者之前作证。"大家只看到对比，可是没有看到它的节奏，是一种慢板的，"梆梆梆梆"，所以你感觉到的不只是意象，还有它的节奏。鲁迅的文字在这里面最精炼，最有独特性，他是花了很多时间去营造每首散文诗的。我们可以进入几个文本细读。20世纪80年代，当时一般对于《野草》的解释是说，鲁迅毕竟是一个战士，他经过一段心理的煎熬之后，已经精神恢复了，重新进入战斗了。所以，到了上海之后他进入了左翼。这样的解释没有错，可我的问题是，这么一个很特别的散文诗集子，能用这种说法来解释吗？这显然是把外在的意识形态强加在散文诗里面。《这样的战士》情绪非常高昂，那个战士是一个孤独者，他用的是一种投枪，围绕他的是无物之阵，这是一种很抽象的意象。如果要做战士的话，他大有可写，可以像戴望舒后来抗战时期的诗那么写。戴望舒是一个反证，他是说我不要你的天空，不要你的美，不要你的云彩；我要去战斗。天空、云彩等意象都是从波德莱尔的诗里直接引进来的，所以他就是说我要进入一个新的世界，我不要艺术至上了。抗战时期当然有这种感受，但我觉得那个时候的鲁迅不会有这种感受，他最后表现出倔强的性格，可是性格并不是决定整个集子的主旋律，主旋律还是情绪。

詹明信在他的一篇很有名的文章里讲波德莱尔的时候，他说最要不得的就是把语言跟情绪放在一起，他特别引用了另外一首写一对恋人的诗，他说你要讲内容的话，这个是最无聊的，完全是多愁善感（sentimental），好像是二流小说里面的伤感爱情，这样的话波德莱尔的诗就不值得看了。波德莱尔的诗怎么看？要看它的语言指涉的模糊性，就是说后现代的诗没有指涉，它的能指和所指之间完全是脱节的，所以语言变成漂流的符号，有它自己的张力。他说在波德莱尔的时代，它的指涉对象开始模糊，可是那种模糊性还存在，是一种比较笼统抽象的东西，被波德莱尔第一次介绍进来了。譬如《天鹅》，他说这代表一种法国农村的远古回忆。

在中国，诗的传统里，文如其人，人化在他的语言里。譬如说，陶渊明的"采菊东篱下，悠然见南山"，他与自然融为一体，这就是我们心目中的陶渊明，就是人化到他的诗里面去了。我觉得鲁迅也是一样，就是化在他的散文诗里去了。所以在散文诗里我们看到了另外一个诗人鲁迅，可是这个诗人鲁迅是一个抽象的形体，不是一个真正的鲁迅。我们在鲁迅的著作里很少看到诗人鲁迅，后来几乎没有了，小说里面也不多。知识分子的鲁迅有，可是诗人的鲁迅很少。因为诗人是一种独特的代表。不管是西方还是东方，作为一个诗人，都有一种独特的敏感。所以我们再继续看下去的话，就要假设，所有文章里面的"我"都是诗人鲁迅，不是真的鲁迅，不是小说家鲁迅，也不是杂文家鲁迅，就是诗人鲁迅，这个诗人只在《野草》里面出现过。

我以前在书里面把《野草》和中国古诗或者是西洋的东西放在一起来解释，譬如《过客》，里面描写风景是受到屠格涅夫的影响，写老女人是受到波德莱尔的影响，等等。这种所谓的影响论，现在已经没有人做了。为什么呢？因为我们总觉得受到影响的那一面比原来的差，下意识就是说，波德莱尔好得多，鲁迅不行，屠格涅夫写得好，鲁迅不行。我的结论就是势均力敌，甚至于我个人认为鲁迅的散文诗绝对超过屠格涅夫，有些诗至少在某些方面不比波德莱尔差，甚至更好。

比如他描写老女人的作品，《颓败线上的颤动》最后一段。波德莱尔有几首诗和散文诗都是写老女人的，有写寡妇的，还有写老人的，各位可以把他的散文诗拿出来看，他写老女人是怎么写的。我这里找到一首最浅的，叫作《老太婆的绝望》，对于这个老女人的形象写得很直接，有点像鲁迅的短篇小说《明天》。这个老太婆，最后小孩子不理她，她的孙女不理她，因为她太老了，于是"这位善良的老太婆仍旧回到她那永久的孤独之中，她躲到角落里哭泣，自言自语道：'唉，对于我们这些不幸的老人，讨人喜欢的年纪已经过去了，哪怕是天真的孩子，也不能讨他们喜欢了，我们想喜爱小小的孩子们，却惹他们嫌恶。'"这个中文的翻译应该没有错，可是没有什么诗味了。

我们再来看鲁迅《颓败线上的颤动》后面那一段，那种波浪的形象，那种铿然有声的节奏，就没得比了。他把老人最后的那种孤独，那种怨写得非常深刻。中国旧诗里没有写老女人怨的。丈夫征战万里，有不少写少妇闺怨的，但写老女人怨的不多。鲁迅偏偏要写老女人，我想一部分是跟德国的表现主义版画家珂勒惠支（Kathe Kollwitz）有关，她画的一个老女人叫作《牺牲》。鲁迅写道："她在深夜中尽走，一直走到无边的荒野；四面都是荒野，头上只有高天，并无一个虫鸟飞过"，然后她"赤身露体地，石像似的站在荒野的中央，于一刹那间照见过往的一切"。她"饥饿，苦痛，惊异，羞辱，欢欣，于是发抖；害苦，委屈，带累，于是痉挛；杀，于是平静。……又于一刹那间将一切并合"。在这里散文诗的韵律表现出来了。可整个描写是一种意象式的东西。我觉得这篇绝对超过《老太婆的绝望》，甚至超过《寡妇的绝望》。

波德莱尔还有一首诗是写小老太婆的，诗人跟在她的后面，描写她一个人孤独地站在公园里面听免费乐队演奏，很凄凉。现在还可以看到，在巴黎的公园里有一些老太太，穿得很高贵，这是巴黎人的一种骄傲，他把这个东西写出来了。所以波德莱尔要捕捉都市的那种孤独的形象，这种都市人并不是完全像本雅明所说的，每个人都是漫游者（flaneur），漫游者是一个贵族，带了一只乌龟慢慢走，穿的衣服很漂亮，然后有钱买一点东西。他写的是穷人，老头、老太婆，他特别同情穷人，他的另外一首诗里面就是讲穷人和贵族的关系。穷人的孤独，现在很多人都引用群众和孤独，法文是

multitude，solitude，押韵的，英文也是 multitude，solitude，押韵的，中文应该要翻译成什么？我翻译不出来，这个东西只能用音乐来表现。

他的另外一篇也相当有名，就是《影的告别》。我当时在书里面特别分析了《影的告别》和《死火》，我个人觉得都分析得很浅薄，很失败。因为我研究《影的告别》的时候，想当然以为它是出自尼采。我连中国传统文学的资料都没有找尽，后来经过其他学者指正之后，明确了《影的告别》出自陶渊明和庄子。中国传统文学的族谱（family tree）和西方文学一波一波互相激荡的东西，到了鲁迅就生成自己的果实。

庄子创出了三个名词，一个"形"，一个"影"，还有一个"神"。陶渊明根据这三个词写了两首诗，"形"就是人的身体，是真的那个人，"神"就是精神、灵魂。在陶渊明的诗里，"形""影""神"互相对答。"影"对"形"说话，跟陶渊明自说自话差不多，我是你的影子，我们忧喜相共，可是总有一天要告别。整个论述几乎是和《影的告别》一模一样，可是《影的告别》更有现代性，因为它的问答更特别。陶渊明那里没有一种所谓的 paradox，就是一种所谓的"吊诡",或者说是一种"悖论",你要这样就会那样,似乎是进退维谷,是悖论。而鲁迅的散文诗,不只这首,都有各种各样的悖论。于是鲁迅变成了一个所谓现代的诗人。

另外一个典故就是尼采的《查拉图斯特拉如是说》(Zarathustra),里面有一段就是当先知查拉图斯特拉从洞穴出来的时候,那个影子一直跟在他后面,结果影子说:"我跟你这么久,我实在很累了,你给我放假,让我到洞里休息一下。"查拉图斯特拉听完之后说:"哦!原来你这么累,好好好,你去休息一下。"整个是一个寓言式的东西。里面有它的意义,可是意义也不是那么深,不像我们想象的尼采那么深,尼采其他的文章比较深一点,不过这个不是那么深。

偏偏鲁迅拿来的就是这个尼采,我猜他一定看过,甚至翻译过。可是不管尼采也好,陶渊明也好,进到了《影的告别》之后,就变成了鲁迅自己的东西,他第一次把中国传统的两种个体的他性(alter ego),一个是"影",一个是"神",变成他的诗里诗人的一种自我,或者两个不同的自我,通过影子式的对比,成了影子式的他者,他个人的他者,就是他的另外一个自我,随你怎么讲,现在搞理论的人用的名词比我精确得多。他的诗意上的对比，通过互相驳诘、对证，造成了一种张力，这个张力反而变成了他的诗的节奏和旋律，所以它们是连在一起的。从这个立场来讲，你再进一步去推敲的话，那个驳问体是从哪里来的，为什么影子老是问来问去？在鲁迅那里，一方面问另外一个人，另外一方面就是那个"我"答不出来，或者说答得很少，影子在不停地追问。你如果拿这个和韩愈来比的话，韩愈正相反，一个人问他，他越答越厉害，孔子更不用说了，学生一问，他滔滔不绝，正所谓"吾道一以贯之"，学生跟他是不对等的。可是鲁迅把这个倒过来了，就是那个诗人的"我"被影子问得差不多了，最后影子说："好了好了我走了"，这里面诗人似乎是沉默的。

《狗的驳诘》也是这样，狗讲了好半天，就走了。鲁迅日常生活中不大喜欢狗，可是这篇文章里他写了狗，卡夫卡的小说里面，狗也时常出现，猫比较少一点。日本文学里面，《我是猫》是夏目漱石的小说，鲁迅也是看过的。动物为什么会进到鲁迅的小说和他的诗意境界里？其实都不是真的动物，只是作为某一种形象，某一种寓言进来的。鲁迅在他的散文诗里面，至少一部分里面，开始试

验一些我们现在所谓的主体
性的质疑。比如我是谁，我
的生命的意义是什么，我和
他者的关系是什么，我自己
是不是有两重人格，我的良
心到底是什么，等等，这一
类的问题。

　　鲁迅在不停地质问自
我。如果说把他对"我"的
自我质疑变成一种一九二几
年的共通的世界现代主义现

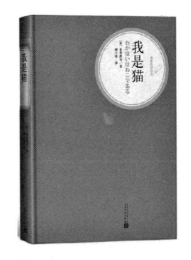

《我是猫》书影

象的话，例子有很多。最近我去过葡萄牙，在那儿我非常吃惊地发
现一位葡萄牙诗人，就是韩少功翻译的那位诗人费尔南多·佩索阿
（Fernando Pessoa），你知道他有多少笔名吗？他有二三十个"我"，
都是不同的名字。真正的佩索阿爱上了一个女孩子，要跟她订婚的
时候，另外一个人对女孩子说，你不要跟他结婚，佩索阿这个人很
差，结果就没有结婚。那么到底"我"是谁？所谓自我（literally

self），就是说文字创造出来的"我"，有时候那个"我"比真正的"我"更重要。

因此，鲁迅这个诗人的"我"，至少我认为在那几年，他就是靠这个诗人的"我"来支撑他的写作生活的。如果他不是诗人，他不是作家，他没有文学修养，他完全没有思考的话，这个人也就没什么研究价值了。所以，我一直坚持自己的主张，就是鲁迅之所以伟大，就是靠这些东西。当然鲁迅，后来真的是"左"倾了，是有这个问题的。当时的知识分子也好，文人也好，总是在个人和集体之间作种种的挣扎和选择，并不是说一开始就是集体化的，也不是说像西方一样完全个人主义到头，最后是死亡一途，不是这么简单的东西。

最后我想再谈一个文本，是我所看到的最可怕的一篇，就是鲁迅的《墓碣文》。我在写鲁迅那本书的时候，很明显受到我的老师夏济安先生的影响。夏济安先生在他的著名作品《黑暗的闸门》（*The Power of Darkness in Lu Xun*）里，讲鲁迅的阴暗面时特别提到了这篇《墓碣文》。我记得他的论点是，这篇文章代表了中国白话文和文言文的最高境界，因为里面有白话也有文言，可是基本上是文言文，散文诗表面上是白话文写的，不同于中国的古典诗，也不同于中国古典的散文诗，不像赋。可是如果仔细读的话，恐怕也只有文言式的节奏才能够把那种波德莱尔叫作波浪式（vibration）的感受体现出来，而且每一次读都是铿然有声。我觉得即使当作文言文来看也是了不起的。我读一下："我梦见自

《黑暗的闸门》书影

己正和墓碣对立，读着上面的刻辞，那墓碣似是沙石所制，剥落很多，又是苔藓丛生，仅存有限的文句——"这个不太精彩，因为是白话文。后面一句开始文言文："于浩歌狂热之际中寒；于天上看见深渊。于一切眼中看见无所有；于无所希望中得救。"非常明显地，"于狂歌"——"于浩歌狂热之际中寒；于天上看见深渊"，更不要说天上看见的是深渊，狂歌中看到寒冷。一切眼中看到的是没

有，然后在所有没有希望中得救，全部是悖论，一个一个的悖论，所有的都是悖论式的句子。下面更厉害了，前面都是七八个字，下面是四个字，不是五言古诗，是四言古诗，"……有一游魂，化为长蛇，口有毒牙。不以啮人，自啮其身，终以陨颠。……"四个字绝对是铿然有声，下面一句，"离开"是白话。如果用太史公的笔法就是"去"一个字，或者是"离"，就出来了，就没有了。

这个意象你如果把它展现出来的话，就吓死人了，为什么呢？因为是讲一个游魂，就是那个影子，或者是神，一个游魂不是神，化为长蛇，变成一个诗人的身体了，然后口有毒牙，不以啮人，是自啮其身，终于陨毁，这个形象怎么会创造出来？我当时看到吓了一跳，我说怎么搞的，鲁迅搞出这么一个东西来，第一次看到，我觉得我要拒绝，我不要，后来越看越受它吸引。我当时从来没有把它和中国艺术以及西方艺术联系到一起，我没有想到这个问题。后来我在香港中文大学讲学的时候，我的一位艺术系的学生贾甄，她没有看过这首诗，但是她说在艺术史上可以找到证据，于是就帮我找出五幅图片，特别传给我。一幅是日本的老地图，整体看像一条蛇，或者一条龙，是讲日本的地震，地震的那个红的地方是受到损坏的，蓝的地方是海浪，日本受到海浪的冲击。一幅是埃舍尔（Escher），一位荷兰艺术家，画的是一条蛇咬住自己的尾巴。埃舍尔是文艺复兴时代的一位大师。一幅是考古发现的东西，一个蛇的图腾，蛇在咬自己，非常明显，它是个艺术品。我们知道鲁迅从日本回来的时候喜欢拓碑，他喜欢找这些东西，我猜说不定他看过这个，或者看过类似的东西，我们要再去找可能还有。

还有一幅是汉碑，北宋李成画的，一个老人骑着一匹马。在明清时代，除了磨碑、拓碑、写碑文，旅游的时候，还可以骑马去看碑文，你到各地去看碑文，看这碑文怎么写，墓志铭在中国文学上是一种文类。韩愈就写了很多墓志文，后来看碑文、收集碑文、拓碑等，变成文人的爱好。可能有些碑文里面有画，有些是文字，鲁迅特别喜欢这些东西。所以从碑文里面可以看得出来，鲁迅真正关心的是他的艺术创造，他真的是从中西传统里面找到不同的宝藏。可是他有个特点，是我最近关心鲁迅的另外一点，他非常喜欢神仙鬼怪的东西，最讨厌的是孔孟，他对儒家传统几乎没有什么好话，对明朝的东西稍微好一点，甚至于魏晋，除了嵇康之外，连陶渊明都没有什么好话讲。可是他对于中国神仙鬼怪讲得头头是道，什么

《酉阳杂俎》，什么《搜神记》，干宝，这方面讲得很多。他的《中国小说史略》一半就是讲这些神仙鬼怪的故事。

所以我们继续看这个墓碣文，再回过去看这幅画，像这位老人看墓碣文的时候，他可能不会把马拴到后面，因为后面没有了，墓碣文后面应该是没有了，可是他说他这位梦中的诗人进来看这个墓碣文的时候，他发现是梦，梦见自己和墓碣对立，很突然一个形象就进来了。就是说我梦见和墓碣文对立，第一个镜头就是那个人站在那儿看着墓碣文，然后走回去看的什么呢？就是："抉心自食，欲知本味。创痛酷烈，本味何能知？"变成一种非常震撼的吊诡。"痛定之后，徐徐食之。然其心已陈旧，本味又何由知？"这都是文言式的，然后"答我。否则，离开！"。这就是后来鲁迅的自我牺牲的精神，我以前书里面是这么写的，就是一条蛇咬了自己之后说已经太痛了，痛定思痛，已经不能思了，因为什么？心已经陈腐，没有味道了，或者太痛的时候，怎么知道味道呢，又是一种吊诡式的论证。所以这首诗似乎是鲁迅为他自己作的墓志铭，这么讲有点过分了。鲁迅后来不是那么悲观的，我想他的墓志铭也不会是这么写的，我当时走火入魔，就以为把这个看作鲁迅的墓志铭是最好不过

　李欧梵文学课：世界文学视野下的中国现代文学

的了。其实鲁迅不是这么虚无的。

他的艺术创造里能够把一个形象放进来，我觉得这种思绪和波德莱尔是异曲同工的。中国的远古神话可以用，鲁迅可以把中国远古神话像"安德洛玛克"一样用进来，但是他没有用，可是用在别的地方去了。他把女娲补天用到《故事新编》去了，所以最好各位把《故事新编》和《野草》同时看，鲁迅的另外一面就看出来了。我当时写的时候，最差的就是连《故事新编》都几乎没有写，只写了一篇《铸剑》，在我的书里面，就没有想到这些连带的关系。所以从这个立场，再重新审视鲁迅所谓的"艺术灵魂"的话，我觉得还是非常丰富的。

夏伟：您非常重视鲁迅在《野草》中所谓一个诗人的"我"，但是鲁迅在写《野草》的同时还写了一些杂文，还写了《彷徨》，那么，我们如何把诗人的"我"和《彷徨》的写作联系在一起呢？因为您说基本上他是依靠诗人的"我"来支撑自己的，我们要如何在其中看待《彷徨》的地位呢？

　　李欧梵：很多研究鲁迅的学者都已经开始注意这个问题了，好像《彷徨》里面的心境是沮丧一点的，特别是《孤独者》《在酒楼上》，等等。但是我们也可以说，《在酒楼上》里前面两人喝酒那一段，在《孤独者》里最后哭的那一段，都是有点孤独的。我在以前的书里面已经写过了，如果再补充讲的话，毕竟文体和内容是互为表里的。也就是说，鲁迅的短篇小说在写到《彷徨》的时候，大家都公认他的技巧比较成熟了，那么他就遇到一些小说的艺术表现的问题，特别是短篇小说，怎么把主人公和周围环境里面的意象联结起来。短篇小说不像长篇小说，能把什么都交代得很清楚，短篇小说只是抓住一个时辰、一个情绪，或者一个场景，以这个场景为主，交代得很快，或者是倒叙，像《在酒楼上》倒叙回去，它抓到的是这个墓。这方面文类的研究有很多，就是说在同时代、在欧洲，有类似的作品，而且是长篇小说，完全用诗的方法来写小说，鲁迅的《彷徨》里面一部分已经有诗的味道了，可是他的那个框架，他的那个模子还是写实的。他里面讲到的人物，我们可以看得出来是呼之欲出的，和他当时的社会背景有关系。同时代的黑塞（Hermann Hesse）的作品《悉达多》（*Siddhartha*），写的是释迦牟尼。黑塞是一个德国人，他把《悉达多》的神话摆到另外一个场景里面。那个场景是什么呢？是德国的闲园。你说是哪个时代呢？很难讲，《悉达多》只是一个例子。黑塞是当时非常有名的作家，鲁迅没有看过，可是有人研究他和纪德，甚至于和弗吉尼亚·伍尔芙（Virginia Woolf）的关系，就提出一个叫作抒情小说（The Lyric Novel）的主张。抒情小说就是说整个的小说情节不重要，人物是一个诗意的东西，而且以诗的方式来营造小说的内容，这个叫作"诗意的小说"。我觉得鲁迅的短篇就有这个味道，可是他毕竟是受到自己写的《呐喊》里一些主要小说的牵制，譬如说他创造出一个《狂人日记》，后来狂人改头换面就进到了《在酒楼上》和《孤独者》中。他提出了一个个人和庸众之间的关系，这个变奏又回到了《彷徨》。但《彷徨》的另外一面是《呐喊》所没有的，他特别注重讽刺，像《肥皂》之类。所以一般西方的学者认为《彷徨》的技巧成熟得多，他是运用西方短篇小说的写作技巧。不过这个诗意的问题和他的散文诗的关系，我现在也没想得很透彻。我临时可以想到的就是两个人的源头不一样。鲁迅的短篇小说受到"三言二拍"的影响非常少，甚至笔记小说都很少，基本上是从西方来的，他的诗意在《野草》里面，我刚刚讲到过陶渊明，他的那个旧诗的诗意进到一种新的诗的形象和旋律里面，变成了一个很新的东西。所以他想创作出一种新的诗境。我把它叫作"诗境"，就是诗的境界，这个"境"跟王国维讲的"境界"是同样的道理，不过鲁迅的诗境更现代一点，可是这个境界

《呐喊》书影

《彷徨》书影

里面，他的现代形象性就超过了古代的一些形象性，比如说刚刚我讲
的荒野，可能是比较接近荒原（wasteland）的。这不是写荒原，是写
荒野。所以，现在再来看的话，我反而觉得《彷徨》不太耐读了，甚
至就某个片段来说，写得比他好的大有人在，包括张爱玲和白先勇，
某些片段都比他写得好。可是它们已经变成经典了，经典的重担压
在我们头上，便不敢乱讲话，《野草》显然是经典，可是我总觉得
大家好像没有进到它的内心里面去，所以我一直关心的是《野草》
的问题，我目前也只研究了一部分，后面应该是你们去做了。

第三讲

怪诞与着魅：
重探施蛰存的小说世界

施蛰存先生是上海人，在上海住了很多年，我有幸在他晚年和他成了朋友。我曾经拜访过他很多次，最后一次施先生跟我说了一句很简单的话，却让我终生难忘，我说："施先生，您马上要过一百岁了，我们要为您盛大庆祝。"施先生说："我不要过一百岁，我是 20 世纪人。"后来他在刚好要过一百岁生日的时候过世了。所以他一生就是 20 世纪人，而 20 世纪现代性的这个时代标志对于他有很大的意义。

　　我可以先作点自我批评，听丁院长说我的书《上海摩登》在季风书店和《哈利·波特》摆在一起。我完全没有想到，我最早到上海来就是想研究《上海摩登》。当时不叫《上海摩登》，我当时想研究刚刚出版的施先生的小说，当时一般人只知道他在华东师范大学是一位著名的唐诗研究专家，中国古典文学的研究专家。后来，不

《上海摩登》书影

知道哪些作家发现了他是中
国现代主义文学的奠基者。
北大的严家炎教授,编了个
集子,叫作《新感觉派小说
选》,里面就有施先生的作
品,还有刘呐鸥、穆时英的
小说,这个时候大家才开始
知道原来20世纪30年代的
上海有这么一个流派,叫作

《新感觉派小说选》书影

新感觉派。我也是刚刚好在同一时间发现了中国这一类型的小说，我觉得写得很不同，所以我要到上海来，看能不能找一些资料，特别是刘呐鸥的资料，在美国完全找不着。我一定要到上海图书馆来找，后来找着了，而且影印了全本书，现在送给了斯坦福大学图书馆。

我当时觉得，施先生是新感觉派的领导人物，所以我最早见施先生的时候就问了他这个问题，他说："我不是新感觉派，我和刘呐鸥、穆时英不一样。"他批评刘呐鸥，说刘呐鸥写的上海其实是东京。施先生坚决不承认自己是新感觉派，后来我在访问和研究当中，发现我当时的构思是不够的，我不能写本书只写新感觉派。"新感觉派"这个名词是从日本来的，和当时刚刚在亚洲兴起的都市文化有关系，"新感觉派"就是指都市文明刚刚开始的时候，人要捕捉那一刹那，特别是感官上的刺激。当时日本的几位作家，像横光利一等希望能够创造一种新的文体，这种文体后来经刘呐鸥介绍来到了中国，就是"新感觉派"。我当时觉得新感觉派的背后是一个都市文化，那这三位中国作家的背后当然是上海，就是 20 世纪 30 年代的上海（大概是 1928 年刘呐鸥创办水沫书店的时期），于是我就把新感觉派的文学很自然地和上海的都市文化联系在一起。后来尝试把上海的都市文化重塑出来、描绘出来，而不是用一种很枯燥的方式。这些内容就变成了《上海摩登》的第一章，讲上海的商场、上海的马路等，这样一种都市的文化史。

我花了很多时间写第一章，后来又花了很多时间探讨上海的杂志，就是当时的书籍是怎么来的，特别是洋文书，是怎么经过日本传入中国，甚至是直接从欧洲传过来的。我当时访问施先生的时候特意问他："你们都看过波德莱尔的作品吗？什么时候看到的？"他的回答让我非常吃惊。他说他看波德莱尔全集，法文版，是在一家上海旧书店发现的。是外国的游客从船上丢下来的，不想带回去了，就把这书卖给了旧书店。施先生说那时候他买了很多书，很多很珍贵的法国文学、英国文学甚至德国文学的重要作家的作品。这让我大吃一惊，我没有想到 20 世纪 30 年代的上海那种书籍的流通是这么旺盛，这就印证了我第一讲里讲的达姆·罗什（David Damrosch）对世界文学的一个定义，就是除了翻译之外一定要流通，流通之后才会有世界文学，不流通不可能有世界文学。当时我也不介意，就记了些笔记。好像第二次还是第三次来上海的时候碰到了一个年轻人，现在是上海的名人，各位可能听过的，叫陆灏。陆灏当时开了个小书店，他说施先生是他的朋友，他的书店里面卖施先生当年收藏的西文书，我一听就说要买，当时钱很少，我现在恨不得把施先生所有的书都买过来。当时买了大概二十几本，丢来丢去，大概只剩下十几本了，现在都在苏州大学图书馆，我把我的书都捐给苏州大学了。

[奥地利] 阿图尔·施尼茨勒《艾尔泽小姐》，施蛰存藏书书影 1

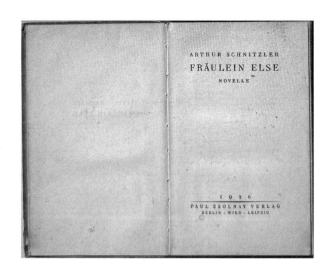

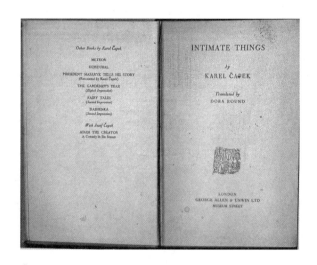

[奥地利] 阿图尔·施尼茨勒《艾尔泽小姐》，施蛰存藏书书影 2

[捷克] 卡雷雨·恰佩克《私人琐事》，施蛰存藏书书影 1

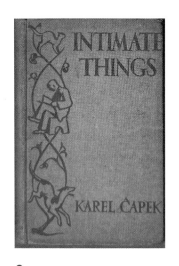

[捷克] 卡雷雨·恰佩克《私人琐事》，施蛰存藏书书影 2

[法] 安托万·德·圣·埃克苏佩里《夜航》，施蛰存藏书书影

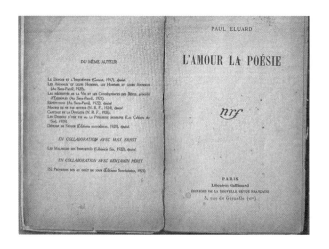

[法] 艾吕雅《爱·诗》，施蛰存藏书书影 1

^
[法] 艾吕雅《爱·诗》，施蛰存
藏书书影 2

　　从这些书中，我发现了研究施先生的一条线索，他曾翻译过一
位奥地利作家的作品，那位作家经过他的介绍在中国小有名气，名
为阿图尔·施尼茨勒（Arthur Schnitzler）。他写剧本，也写短篇小
说。当时施先生把他的三篇短篇小说翻译合在一起，取名为《妇心
三部曲》。对我来讲这是一个关键的切入点，我要来解释这本书对
于施先生为什么会有这么大的影响。如果施先生那么坚决地反对他
是新感觉派的话，我们怎么样把他的作品和上海的都市文化联系在
一起？当时我是自以为然地认为施先生半辈子都住在上海，住在愚

园路，所以就顺理成章地把施先生作为一个都市作家，但他和刘呐鸥、穆时英等后来的几位作家表现的方式不同。我在之前的书里面特别提出施先生对于西洋文学文本的借用和重创，也就是说他把西洋文学文本拿来以后变成他小说里面自己的文体，施先生用自己的方式表现出来。

现在回头看当时写得太浅薄了，有点对不起施先生。那时美国研究都市文化的理论书不算多，本雅明的全集刚刚出现，大卫·哈维（David Harvey）的书还没出来，有关都市文化现代性的东西我接触的也不多。所以就很囫囵吞枣地把本雅明那些学说硬套在《上海摩登》上面，在套用的时候发现一个很大的问题，就是上海并不是巴黎，20世纪30年代的上海虽然有法租界，可是并不像本雅明所描写的波德莱尔那个抒情诗人的巴黎一样，这背后是一个资本主义的问题。那么这一问题就引起一系列理论问题，我在施先生的小说里找不到答案。用另一种说法来讲就是在20世纪80年代末期，在我所接触到的关于都市文化的理论和资料里面，似乎都很难和上海的都市文化完全接轨，虽然可以借用，但很难接轨。我疏忽了一点，忘记施先生小说文本本身的文学性，也就是说我把它当成都市生活的某一种反映，或者某一种投射，而没有仔细分析他的各种文本。所以我今天要做的反而是一个细微的工作：找到他的一两个文本，再做一个仔细的分析，借此来补救我写施先生那一章的不足。

因此这个题目会越讲越小。我当时在研究的时候接触了施先生的几位朋友，也是从这几位朋友的口中才知道施先生在"文革"时期曾受过相当大的苦。因为文学之争，鲁迅在文章里也提到，施先生忍了很多年。另外，大家知道不多的是，施先生的小说受到当时左翼的几位批评家的严厉批评，特别是他写的《魔道》和《夜叉》，我今天着重讲讲这两篇。

对于这两篇，楼适夷先生在晚年的时候就懊悔自己当时不应该这么批评，这是后话。当年楼先生曾写过一篇很严厉的文章，说施先生是走旁门左道，而不能够回归一种普罗式的、写实主义的风格。所以20世纪80年代初刚刚发现新感觉派的时候，大家都有点半信半疑，总觉得新感觉派很颓废，不敢正面地来肯定这些作家作品的艺术价值。结果施先生也被这个名词连累进去，有理说不清。他再三跟我讲他不是新感觉派，那么下面就来说，他是什么派呢？

我曾说："施先生，现在有几位作家发现您是中国现代主义文

《现代》书影

学的老祖宗。"他说："什么是现代主义，我从来不用这个名词。"
我说："您不是办了个杂志叫作《现代》吗？"可是我后来发现，
《现代》杂志的法文翻译不是 modernism，不是 modern，也不是
modernity，而是 Les contemporains，就是当代人、同代人的意思。
他最喜欢讲的名词，当时我觉得很熟悉就没有问下去，就是 avant-
guard，中文译作"先锋"或"前卫"，我以为 avant-guard，只是艺
术上的名词，对于小说上的 avant-guard，我当时脑子里也没想清
楚，然后他就说了句很惊人的话。他说，20 世纪 30 年代艺术上的
avant-guard 才是真正的左翼。不是写实主义那些东西，不是楼适夷

他们所标榜的东西，其实那是落伍的。

我对这句话的理解，是在广义的欧洲现代主义领域里面，当时有各种前卫的、先锋的作品，他们希望从一种很新的很先进的形式里面来描写现代社会一种很急剧的变化，比如超现实主义、表现主义、象征主义等。施先生不赞成用这么多主义，所以后来我就问他："您怎么界定您自己的作品呢？"他跟我讲了三个词，全部是英文，后来就非常有名了：第一个是 grotesque，就是怪诞；第二个是 erotic，就是色情；第三个是 fantastic，就是幻想。

这三个词没有一个和现实主义有关系，当我们想到现实主义的时候想到的往往是其他的字眼。而他特别注重前面两个词，就是怪诞（grotesque）和色情（erotic）。我当时就问他，新感觉派也有这个，刘呐鸥不是翻译过一本书叫《色情文化》吗？施先生讲他说的色情和刘呐鸥说的色情不是一回事，我后来也没有追问。他当时提到了施尼茨勒的一本小说，我记下来了，自己没有看，这篇小说大概是中篇，叫作《决斗》（*Leutnant Gustl*，1901），各位在施先生的译文集里可以找到。在偶然的际遇里，我在陆灏的书店里买到了这本书，是英文版，而施尼茨勒的原文版是德文，所以显然施先生看的是英文版。我们知道他在震旦学的是法文，他的英文和法文都不错，不过我不知道他懂不懂德文。他收集的资料里面，其实不只施尼茨勒，还有其他人，都属于英美以外的欧洲国家，包括德奥的作家，基本都是德语作家。所以这就勾起我的一个想法，就是现代主义不只是英美，也不只是法国，一定要把奥地利也放进去。慢慢地我就开始加以研究，这方面我受到一本书的影响很大，就是卡尔·休斯克（Carl Schorske）写的《世纪末的维也纳》（*Fin-de-siècle Vienna*：*Politics and Culture*，1981）。研究他的书里讨论的施尼茨勒和其他一些作家，然后再回头把它放到中国文化史的语境里面来看，我现在还在继续做这个工作。我发现维也纳的几位有名的世纪末作家，每个人写

《世纪末的维也纳》书影

的小说都很长，我到现在还没看完，所以今天暂时不讲那一段。

我讲这些是要证明什么呢？就是说，我们在美国研究一个作品的时候，作家的生平完全不管，而是用一种理论来研究文本，来概括这个文本，或者来分析文本。可是我觉得在中国的语境里，中国作家的背景和身世不能不顾，特别像施先生这种情况，因为他写的不是写实主义的作品，和他个人的经验关系不大。他写的那些东西里面，很明显地借用了一些其他的他所看到的书。而这些书里有中国的古书，还有欧洲的文学。而且他讲得很清楚，比如《魔道》里面，他看的是什么书，这些书都是施先生当时家里有的书，这些书的作用是什么？就是进到了施先生的小说世界里面时，它改头换面，起到了什么作用？当时我在写《上海摩登》的时候，对于这个问题只是点到即止，并没深究下去。大概是以《现代》杂志为背景，就是他们引用的书是怎么翻译的，怎么进到他们小说里的，有的人就开始模仿当时法国他们所谓的新浪漫主义的作品，等等。这是一种描述性的东西，不是一种深入的分析，也不是一种比较文学的方法。所以，事隔那么多年，陈建华教授邀请我到上海交通大学来演讲，我才想到将我以前每本书里的缺点，找一个题目带出来，所以我就把施先生再带回来，我想用我现在的思维方式来重新探讨施先生的小说世界。

施先生的小说写得不算多，但他的作品不能用一种方式来概括。我们不能说施先生写的全部是都市小说，也不能说他写的全部不是写实小说，实际上他什么都有。在国外最有名的，特别是夏志清写的《中国现代小说史》里面最推崇的是《将军的头》，那是一个讲古典故事的小说。现在有西方学者专门研究他的历史小说，也有人研究他小说里面乡土的一面。他早期的两三本小说集都是在讲乡下，像他居住的苏州等。小桥流水，我们一看就知道是江南水乡，里面有各种乡下人的故事。然后就有人开始研究，比如研究《梅雨之夕》跟上海的关系。

《中国现代小说史》书影

他的小说中最吸引我的是《魔道》，在追求一种神怪的、魔力的东西，为什么施先生要追求这个东西？这个问题我困惑了很久，有一次到杜克大学演讲，见到理论大师詹明信（Fredric Jameson），我就大言不惭地开始讲施先生的小说，讲完之后詹明信说《魔道》有意思，问我怎么不多讲一点。原来他也认为《魔道》有意思，我也这样觉得。

所以我这次来，就想不如重新看一看当时《上海摩登》是怎么讲的，在这本书里因为要把都市文化和施先生的《魔道》这些小说放到一起，所以我找到一本建筑学方面的理论书刚好套用上。这本书叫作《建筑的异样性》（*The Architectural Uncanny*），讲都市的诡异和荒诞，是普林斯顿的一位建筑理论家安东尼·维特勒（Anthony

《建筑的异样性》书影

Vidler）写的，他后来到加利福尼亚大学洛杉矶分校（UCLA）去教书，写了好几本书，《建筑的异样性》是他的第一本书。他基本上就是把弗洛伊德理论中的 uncanny 拓展到都市文化的领域里面。uncanny 来自德文，意思是和家脱节，或者是非家，又或者是失落、疏离。所以维特勒就把他的这一理论放到都市文化的领域里面，就是人在都市里面对平常看起来很熟悉的东西会突然变得不熟悉，于是产生了各种疏离感或心理的煎熬，等等，细节我不记得了。所以我说刚刚好，就套用到施先生的小说上面来。

我记得分析了一点《凶宅》，就是讲一个英国人死掉了，当然里面也提到一点刘呐鸥的东西。可是这次再重读文本的时候，我发现我几乎是全错了，我受到那个理论的影响太大。不能说是全错，至少是大错，因为我当时很多东西都没仔细看，我看的是那本书，而不是弗洛伊德自己写的文章。弗洛伊德的这篇文章一直没看过，直到几年前我在香港中文大学教书的时候才把它拿出来看，看了以后忘记了，这次再看，发现里面说的和《建筑的异样性》里说的完全不是一回事，所以我暂时把这个放在后面，我们先来重新看看施先生的《魔道》到底讲的是什么。

《魔道》基本上就是讲主人公坐火车到了一个小城，后来到了乡村。在火车上碰到一个老妇人，长得有点怪怪的、干瘦的一个老妇人。这个老妇人坐在那里，旁边没有人坐。于是他就开始种种幻想，觉得老妇人一直盯着他，越想越觉得怪。最后他下了车，到了他的一个朋友家里，但他似乎觉得老妇人的阴影一直跟着他。他朋友住在乡下一个漂亮的地方，老妇人的阴影使他产生了各式各样的幻想，最后他的朋友的妻子变成一种色欲的化身，他觉得朋友妻子要和他做爱，要和他接吻，所以就变得越来越神经质。他从乡下回来之后，到了他住的一个旅馆还是公寓的地方，然后去看电影，结果票卖完了，最后买那张票的就是那个老妇人。于是他又到咖啡馆，喝黑啤酒，喝的时候就想到了老妇人那个黑色的面孔，整个怪诞式的阴影一直跟着他，故事结尾他收到一个电报说他三岁的女儿死了。

这样一个故事，如果从写实主义小说的立场写是完全没有道理的。这个人的来龙去脉没有交代，这个人的心理背景没有交代，故事的情节也不紧凑。老妇人上到火车上之后的结局也没有交代。一个写实主义的小说，最后一定要把这些讲得清清楚楚。比如福尔摩斯的小说，里面有鬼，那最后就要说这个鬼是假的。而《魔道》里面完全没有解释，所以无怪乎当时人觉得奇怪，觉得施先生走火入魔了。因为当时没有人写过这样的小说。很可惜我没有问他当时写《魔道》的时候是怎么构思的。我们讨论《魔道》的时候，我就记得他说，"《魔道》这篇给我引来大祸，后来我也不得不乖乖地不写小说了"。我在书里的推测就是，他后来之所以会放弃写小说，转而开始文学研究，恐怕和这个有关系。他受了非常大的打击，他觉得这种实验没有人欣赏。现在时隔这么多年，我再欣赏，也没有用了。施先生可能一笑置之，他的时代已经过去了。

我们在重新审视这样一篇小说的时候，若以一个很粗浅的世界视野来看的话，我之前所讲的，第一个是翻译，第二个是流通，第三个原则是原来的一个文本在它当地的文化系统里有它的价值，然后翻译到另一个文化系统里面在那个系统里也有它的价值，变成另外一个文化或文学的一部分。像这个例子就是，施先生看了这些外国文学，到了他的小说里面，改变它的形状，变成他的养料，最后发展出施先生自己的小说来。他怎么改变，这中间要如何取舍，这些反而是我比较关心的问题。

我在研究林纾的时候曾经说过，哈葛德是一个二流作家，书里面有很多惊险镜头，语言很差。但是到了林纾的文本里面，特别是他喜欢的文本，却写得非常好，文言文铿然有声，我们看得惊心动魄。这是同样一个道理，施先生能将他看到的乱七八糟的书的营养摆到他的小说里面，而且点明它们是什么书，最后创造一个文本出来，而这个文本又是一个严肃的文本，不是一个通俗流行的文本，是一个属于先锋式的实验性的文本。

我们来看他怎么写。如果是一个新式的实验性的小说，那么放在前景的应该是语言，我们来看看他叙事的语言。第一个他用的是"我"，"我"正坐在车厢里怀疑一个对座的老妇人，把这个情景很荒谬地摆在那里。没有说"我"喝茶，就是怀疑一个老妇人，说是怀疑，不如说是恐惧更为恰当些，因为怀疑同时产生恐惧，继续这么走下去，把这个黑影介绍进来了。这里面当谈"我"的时候就有"我和你说过没有，我旁边的座位是空的"这样一句话，这个"你"是谁呢？是读者。所以后来作者这个"你"就变成和自己说话，主人公在和自己说，或是和那个阴魂说话。所以慢慢从第一人称进到了意识流。

意识流这个文笔，在国内最先应用的就是这几位：一种是穆时英式的意识流，他是叙事式的意识流。一种就是施蛰存的意识流，他当时知道意识流这样一个名词，而且他用的时候很刻意地要营造一种意识流，那种句子和句子间的结构的方式，他的原本的文笔是什么样的呢？就是《决斗》。所以各位如果研究施蛰存的话，不妨把他翻译的那篇小说看一看。

那篇小说是怎么写的呢？就是写一个上尉或中尉，约好了要和人决斗。当时在维也纳，贵族之间的一种风气就是男人为了荣誉要决斗。这是贵族的特产，决斗的风气一直到一九二几年才减退。他约好了要和一个人去决斗，早上起来往那边走的时候，意识流就开始了。今天决斗我会不会死啦，我的一生怎么样怎么样啦，碰到个行人，这个人怎么盯着我看啦，整个行文就是这么写的。最后有没有决斗我都忘了，好像没有。反正整个故事都是从"我"的主观立场出发，完全是从个人的眼睛里、心里面找出来的东西，就这么一直看。

《魔道》同样是这个写法，就是从坐上车开始一路这么讲，完全没有对话。写实小说的话就会从旁边找些人和他对话。那么继续写，写到第二页的时候，他有几个字就明显地标出来了。一个词就是"怪诞"，我想施先生写"怪诞"的时候他心里面想的一定就是怪诞。然后他讲"怪诞"的时候就和妖怪老妇人放到一起，里面说妖怪老妇人是不喝茶的，因为茶房拿来了茶，而妖怪老妇人只喝水。于是他就臆想，如果喝了茶她的魔法就破了。这从写实主义的角度写，就是这个人已经有点发疯了，开始胡思乱想。他说，这是"我"从那本旧书里看过的，所以当他作解释的时候，他担心读者不懂，所以希望通过书本来衬托，来向读者作解释。他就想到西洋的妖怪老妇人是骑了扫把在飞行，可是他又说《聊斋志异》里也有鬼，有个窗帘月下喷水的黄脸老妇人的幻象浮上"我"的记忆，等等，一路写下去。所以这里面我所谓这种文本的切入、介入就进入到他的小说里面来了。

另外一个很惊人的现象就是，小说里面主人公看的书大部分都是外国书，不是中文书，而且他把英文的名字都标出来，没有翻译。有的书是有翻译的，比如《波斯宗教诗歌》，《信誉犯罪档案》这个我没找到，《英诗残珍》这个容易找，就是当时的英诗集锦之类的书。最重要的几本书，一本是《妖术奇谈》（*The Romance of*

Sorcery)。还有勒·法努（Le Fanu），一位爱尔兰作家，写了很多怪诞小说，其中有一个故事《卡米拉》（*Carmilla*）。故事主要讲月夜下古堡里发生的奇怪事情。白天很熟悉的东西，到晚上怪怪的感觉就出来了，这就是异常的（uncanny）。里面有一个女的变成了吸血鬼，半夜到另一个女的床上想吸她的血。勒·法努的小说把吸血鬼的形象带到日常生活里面。勒·法努的小说在西方文学里，一般被叫作 gothic fiction，就是哥特式小说。哥特一词来自建筑，就是一种 17、18 世纪仿古式的建筑，高高的尖顶，有点像鬼的形象，他就把这个放在他的小说里面。主人公住的地方往往有这种哥特式的尖顶或哥特式的古堡，人进去后感觉很阴暗，于是在楼上，特别是在屋顶上就发生事情了。所以后来有人就说哥特式的传统从休·沃尔波尔（Hugh Walpole）早期的小说到安·拉德克利夫（Ann Radcliffe），一直到大家比较熟悉的勃朗特（Brontë）三姐妹，《呼啸山庄》里面的山庄虽然不是哥特式的古堡，可却是湖边一个很凄凉的地方，那里面本来就闹鬼，是一对爱人，爱得死去活来，后来都死掉了。还有《简·爱》，简·爱认识了罗切斯特，罗的前妻发疯了被关在楼上，半夜在里面鬼叫，那一段你们看电影都会看到。

《呼啸山庄》书影

《阁楼上的疯女人》书影

随后美国早期的女性理论家就把这些编成一本书，叫作《阁楼上的疯女人》（*Madwoman in the Attic*），从那里就可以看出来女性是怎样受到压抑的。当然也有人认为这是女性所代表的一种色情主义（eroticism），一种对于男人具有威胁性的色情。

当然施先生还没到这个阶段，他当时对女性主义还没什么兴趣。他想营造一种怪诞的气氛，中国只有《聊斋志异》和《阅微草堂笔记》之类的。我最近看了《阅微草堂笔记》，和《聊斋志异》差得太远。可是《聊斋志异》里的鬼、狐仙比较多，鬼也有各式各

《聊斋志异》书影   《阅微草堂笔记》书影

样的，如何把这些鬼和人物的心理连在一起？因为施先生当时已经知道弗洛伊德，他和我谈过好几次。那么如何将弗洛伊德所说的心理病，压抑也好，发狂也好，联系在一起？这个也许是都市小说的一个方面，至少从施尼茨勒的小说里施先生得到很多启示。因为施尼茨勒的典型的小说比如《阿尔赛小姐》就是讲这个：表面上中产阶级的男士道貌岸然，女士温文尔雅，可是缺钱用，就一定要去借钱，因为她爸爸负债，于是就要找个有钱人，可是她不愿意卖身。于是这个女人就到别墅里面去见那个喜欢她的男人，男人说和他上

     李欧梵文学课：世界文学视野下的中国现代文学

床就可以解决这笔钱，这个女人马上就发疯了。所有衣服脱光了，从楼梯上走下来。其他绅士淑女们正在开派对，发现这个就不知道怎么办。

这个故事就是这样，一个中产阶级的女性，在熟悉的环境里面受到压迫的时候开始发生心理问题。施尼茨勒没有读过弗洛伊德，但弗洛伊德知道施尼茨勒，看了他的小说之后大为赞叹，说自己的学说在他的小说里面都已经表现出来了。

中国第一位发现施尼茨勒的心理描写的是施先生。后来还有人翻译过他的喜剧，和他的小说很不一样。大家可能看过他的喜剧改编的电影，大多是讲都市里的 A 爱上 B，B 爱上 C 的爱情轮流转，以讽刺爱情为主，他的小说就是讲这些东西。所以弗洛伊德特别喜欢。就是讲维也纳的都市文化发展到一定程度的时候，原来得到的破产了，可是为了门面不好意思暴露出来，才会造成压抑（repression），这个就是弗洛伊德特别提出来的东西。勒·法努的作品是个例子，另外，他还提到其他类似的作品。

刚刚讲到哥特式（gothic）总是和神怪联系在一起，而情色（erotic）总是和神话联系在一起。那么哥特式、怪诞（grotesque）

这种恐怖式的冠脉背后是不是有色情的成分呢？绝对有。色情的背后是不是有荒诞的成分呢？绝对有。而两者加在一起的背后是什么呢？是死亡。这是一种典型的西方式颓废，结局不可能复活，一定是死亡。在《魔道》里面我本来以为主人公会死亡，跳楼死亡，但最后是他的小孩子死了。

所谓歌特式传奇（gothic romance）这个文类在外国大盛，非常流行，然后就变成通俗小说了。后来就有人把爱伦·坡的小说、勒·法努的小说，甚至神话故事全部摆到了演义小说（romance）里，总之就是演义小说变成了通俗小说的文类，而忘记了它们本来是有神话意义的传奇。原来的传奇是和歌特有关系的，我猜这些书施先生是没有看过的。

刚刚触及这些东西的时候，我没有注意，因为当时我对鬼啊、神啊什么的不感兴趣，事隔几十年后，现在我对这些兴趣特别大。我这次回香港中文大学要看《聊斋志异》，对这本书我现在迷得不得了。我现在为什么对志怪鬼神类的兴趣那么大？当然背后是有点施先生的影响的。中国文化受到儒家文化的影响很大，儒家说"敬鬼神而远之"，所以不那么关注人性荒诞的一面、神秘的一面。中国的小说早期有很多这类的题材，如魏晋南北朝时期的志怪、唐代的传奇，等等。鲁迅喜欢干宝的《搜神记》，所以我觉得施先生可能也部分受到鲁迅的影响，因为《故事新编》里有一半都是讲这类东西的。

后来我常常思考，文学的创造力从哪里来？如果写一个小说，思路是否可以完全从儒家的思想里面来？应该是不够的。因为小说往往是唱反调的，这边说仁义礼教，那边就描写颓废，用弗洛伊德的方式来讲，文学的形式、叙述的形式是把人所压抑的东西，或黑暗的东西，或荒诞的东西带出来。用道貌岸然的方式是带不出来的。所以这里面就给了施先生一个契机，这个契机就是一定要超越现实主义，这是个非常大的挑战。

五四时期以来的传统就是19世纪的写实主义，他们所介绍的作品，特别是短篇小说，都是写实主义的。比如莫泊桑的小说，30年代大盛的巴尔扎克的小说，还有左拉的小说。施先生把欧洲的这些资料，可以说是参差不齐的，有好有坏，都吸收到他的小说中，制造了一种他自己小说里面的荒诞的气氛。

如果我们要以大都会的文化生活作为背景的话，那我的错误就在于太受《建筑的异样性》这本书的影响，我觉得应该倒过来讲：上海当时的都市文化还不足以满足施先生的思考和想法，以及他的独创力。因为他自己和刘呐鸥、穆时英那几个朋友不一样，他不喜欢去舞场，他最喜欢的除了喝咖啡就是逛书店、看电影。于是这些书就进到他的小说里面，他喜欢挑那些怪诞的东西。我记得他和我大谈爱伦·坡，他非常喜欢他的小说。更有意思的是，他非常喜欢《虐待狂》的作者萨德（Marquis de Sade）。后来我到美国去，他问我能不能把萨德的小说买来给他看，当时我在美国到处都找不着，现在到处都有。我后来找到了寄给他。他喜欢看这种东西，而不是狄更斯。他喜欢的东西都有点孤僻。我看他写的小说，懂得的人也不太多，因此他一定很寂寞，这些东西毕竟是为中国读者写的。他整个的故事模式，均不是从乡下到都市，而"五四"时期的大部分小说都是从乡下到都市的模式。比如曹禺的《日出》、茅盾的《虹》都是讲一个年轻人或喜欢文艺的人从四川或某个地方的乡下坐轮船到上海来，巴金的很多小说也是这样，和作者的个人经历很相似。

"五四"的写实主义小说写乡下，会把乡下的农民受苦受罪看

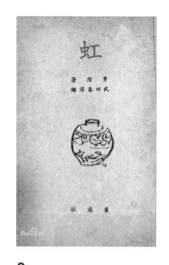

《日出》书影   《虹》书影

成中国封建文化的代表，比方说祥林嫂就是个典型。至于作为知识
分子的作者和乡下人之间的关系，各人的处理不同。鲁迅是反省式
的，有的人是社会批判式的，还有的人把乡村美化，比如曹禺的
《日出》里面，原来她的男朋友想让她跟着他回去，她不回去，然
后它就日落了，这是个非常熟悉的模式。施先生是反其道而行之，
都市的生活他是熟悉的，他的家、咖啡馆、巴黎大戏院，这些都是
熟悉的。但是坐了火车，一切都不熟悉了。到乡下的朋友家里就发
狂了，于是各种东西变成了幻象的世界。后面的三分之二是他在寂

寰中的幻想，全部是用意识流的手法写出来的。最后回到都市的时候，原来熟悉的东西现在开始变化了。比如说喝咖啡的时候他喝了黑啤酒，马上变化了。然后他去看电影买不到票，被老妇人买到了，直到最后遭来的灾难。所以这个故事在中国当时典型的城乡模式里，基本是乡下生活的那个基调里，是一种变奏。都市人到乡下，这样两种城乡模式，我们怎么来把它放到《上海摩登》或施蛰存的小说里面？这反而是我现在花很多时间思考的一个问题。

我基本的构思就是：在中国传统文学里面，写都市生活的反而是写实小说，像"三言"里写杭州，而写神话的都以乡下为背景，比如唐传奇、《聊斋志异》（至少在书斋里面，书斋不一定在城里）。因此，中国山水画的这样一个基调，田园风格（pastoral style）进入现代语境里面一定会改变。怎么改变？第一种就是"五四"式的意识形态的改变，就是乡下是好的、是纯洁的，或者乡下是黑暗的，我们要去拯救它。它把道德的意味摆进去了，让大家警醒。另外一种就是像施先生这样，把乡下的意象变成神话，变成很荒诞的东西。这是很大胆的，别人看了就说中国的鱼米之乡怎么变成这个样子，不可能的事情。他一不做二不休，另一篇讲得更厉害，就是《夜叉》。

如果说《魔道》的背景是从都市到乡下，那么《夜叉》则基本上是在讲乡下。这个故事更为弗洛伊德化，就是叙述者去看他的朋友，把自己的表妹介绍给他，结果发现他发疯了。于是他来交代一下自己是怎么发的。原来他在乡下度过一个周末，在月下游览的时候碰到一个夜叉。夜叉的典故从印度来，是一个佛教典故，后来进入中国文学里面。有各式各样的夜叉，母夜叉、男夜叉、女夜叉等。关于夜叉有一个解释：夜叉有好有坏，并且会咬人。所以我觉得中国的夜叉可以和西方的吸血鬼（vampire）作个对比，中国没有吸血鬼，吸血鬼是现代名词，古代也没人用，唐传奇里面没有像西方那样的吸血鬼。吸血鬼是西方创造的东西，我想施先生就把这个摆进去了。他把中国的农村用一种田园抒情的方式写下来了，月下、散步、古潭、古塔，这个"我"已经要发疯了，结果发现白衣女郎。白衣女郎可能是夜叉，他说夜叉要吃他，所以他要抓夜叉，结果就跑到一个小土庙里，听到有人叫，看到黑影逃出去，然后他就看到夜叉现形了，于是就把她掐死了。后来知道那不是夜叉，是一个乡下女人，一对男女在幽会，他误杀了女人。回来之后他就发疯了，觉得那个女人一直跟着他。所以最后他说他快不行了。叙事者就决定不把自己的表妹介绍给他了，这个人已经没有希望了。就这么一个故事。

这个故事也是一个变奏，是乡村和城市的变奏。把夜叉这样一个中国式的形象用一种半西化的形象表现进来。如果把这两篇故事放到一起，再来阅读弗洛伊德的《诡异》(Uncanny)这篇文章的话，会有不同的体会。我第一次知道这个名词是从那本书出来的，各位可能很少有人读过这篇文章，蛮有名的，我这次再读，发现它从头到尾讲的都是文学，几乎没有像弗洛伊德讲的心理学那样的个案。而文学里面最重要的例子就是霍夫曼写的《沙人》(The Sand Man)。这个故事是一个童话故事，但很可怕。一个孩子的妈妈跟他说："你要乖乖的，不乖的话会有个沙人来把你的眼睛挖掉，他把沙放到你的眼睛里，你的眼睛就爆出来，他就把眼睛带走了。"然后那个孩子那天晚上看到他爸爸和别人吵架，他以为另外那个男人就是沙人，后来他爸爸死了，那个男人失踪了，所以他一生都在追逐这个人。后来他到一个小城里面，买了一个望远镜，用望远镜看到对面有个魔术师，魔术师有个极漂亮的木偶女人，他爱上了木偶，可魔术师和沙人在吵架，于是沙人就把他的眼睛拿走了。这个男孩那时已不是个孩子，要结婚了，后来没结。他最后到塔上去玩的时候，发现自己发疯了，他发现那个沙人在下面，于是他往下一跳，就死了。

这是一个很凄惨的故事，就是讲一个人少年时被压抑，人越来越发狂，最后走向死亡。弗洛伊德用了各种例子，最有意思的是他找了大量的字典来证明他所谓的诡异是什么意思，从德文到英文到法文到西班牙文。就是说往往在一个很熟悉、很温暖的家的环境里面，有些东西是不该出来的，比如一张桌子、一把椅子、一个火炉，而压抑的阴暗面就把它们变成神仙鬼怪了。譬如他说看了一个小说里面的故事，故事里的人在饭桌上画了一条鳄鱼，结果半夜这条鳄鱼就跑出来要吃他。可能《格林童话》里也有这种故事，所以就是说很多神仙鬼怪、阴森怪诞的东西是从日常生活的物质环境中跑出来的。而这种跑出来的东西，根据弗洛伊德的说法，所代表的就是被压抑的性欲。比如眼睛被拿走，男孩为什么这么怕呢？用弗洛伊德的典型说法，就是他怕被阉割，因为眼睛代表男性的生殖器。于是他就认为神话里的不可思议（uncanny）所代表的最终源头是人类原始的，那种被压抑的恐惧，而这种恐惧慢慢滋生出来后和现实产生了冲突。这种恐惧感变成各种各样的形象，所以这种怪诞的形象就出来了。

这是弗洛伊德的基本理论，当然他说得更仔细。可我觉得弗洛伊德的问题是，他整个的理论根本没有科学性，而是从文学里面找了很多卓见（insight）的东西。他用文学来解释心理学却没有把文学的味道讲出来，因为他毕竟不是研究文学的。我们将施先生的东西放进来，是不是说施先生是为了心理学而写了这些小说呢？我认为并不尽然。我们很容易跌到另外一个陷阱里，就是施先生喜欢欧洲现代主义，喜欢怪诞，于是就把这些东西摆进来，就创作了这些东西，不伦不类，我觉得不尽然，因为如果真是这样，那就真的不伦不类了，我们看起来也就没有什么味道了。

所以我觉得施先生的小说值得看，因为他把这些恐怖的东西加上了一层中国传统文化的诗词歌赋，变成他自己文体里的"着魅"（enchantment），他自己的魔力，一种文字的魔力。我们心目中的绘画，山啊水啊是很恬静的，比如苏东坡的《赤壁赋》，等等，不可能有神仙鬼怪在里面。神仙鬼怪是后面加上去的，可是加在我们的阅读习惯里面的同时，我们并没有失去对于中国传统文化本身的美感的记忆。施先生就把这个东西带进来了，特别是在《夜叉》里面。

他写一个人在乡下走的那几段，是用散文把它写出来的，他用的典故，特别是月下那段散步的景色，完全是唐诗的味道。当然我们不能说他写得如何好，因为在语言上，他可能也是写得蛮快的。但基本上，他是希望把中国传统的意境改头换面放在他的现代小说里面。那么这一点点线索，如果把它和他早期写中国江南小镇的一些小说连在一起看的话，可以得到另一幅画面。就是说：他的写实小说讲的是一种田园式的生活，里面有些人物，比如一个打鱼的，叫长庆，比如一个凤阳姑娘，这些人表面上是很美的，很淳朴的，但当城市人去追求他们的时候就发生问题了。就是说，田园里面，甚至是鬼也好，它的阴魂不散也好，它有一种美，那种美把失落的都市人吸进去，进入新的境界。中国田园小说里面的鬼和施先生的鬼怪式的幽灵，刚好形成一个非常有意思的对比。譬如说，师陀的《果园城记》里面就有一个可爱的水鬼，在月下和大家一起划船，一点都不可怕，大家都说那是一个水鬼。这个来源是哪里呢？当然是《楚辞》，那里面也有很多神话的东西。所以中国的田园式的东西蕴含着很多丰富的姿韵在里面。怎么把文学上、美学上的东西放在一个现代小说的范畴里，这才是施先生给自己的一个挑战。

学生：您非常喜欢看电影，我这个问题跟文学和电影有关。您提到施蛰存平时的主要消遣，或者日常活动也是看电影，那么我就有一个问题，就是关于文学创作和作家本人的爱好（之间的关系），或者说我们可以考据，或者猜测他的创作经验。因为提到"怪诞"，当时的上海，在 20 世纪 30 年代，可以看到的外国电影很多，类似于弗洛伊德，或者说精神分析方面的片子，那个时候在上海我想应该也是能看到的，包括您提到的勒·法努（Le Fanu）的那个《卡米拉》（*Carmilla*）。我记得 20 世纪 30 年代在好莱坞已经拍成了电影，有没有可能这些作家，包括刘呐鸥他们，接触了大量的这类电影，受到来自电影这方面的影响，因为刘呐鸥自己后来也是编剧，他也做过电影剧本。通常情况下都是文学灌溉电影，但是在影响作者创作的过程中有没有可能电影也发挥了一定的作用？

李欧梵：这是我最喜欢回答的问题，因为我特别喜欢看电影，我刚刚忘了讲了，另外一种方法就是把文本和电影，完全当作文本，同样的文本来对照着看的。有一部老电影叫作《夜半歌声》，《夜半歌声》前二十分钟就是我今天讲的哥特式（Gothic）的东西。一个黑人，完全是从欧洲电影抄来的，可是放在一个中国电影的语境里面，怎么样呢？那个唱《夜半歌声》的原来是个爱国的英雄对吧，一个爱国的男儿，追兵来了唱的，然后怎么样发疯，那个故事从哪里来的呢？是从大家现在熟悉的《歌剧魅影》（*Phantom of the Opera*）来的，那个故事，现在不是变成歌舞剧了嘛，那是一本小说改编的，我有那本小说。

好莱坞这种东西很多，鲁迅也喜欢看电影，但这些东西没有完全进到他的小说里面，也许，你刚刚讲的那个画面很重要，就是鲁迅，美术的画面进到他的《野草》里面。至于施先生跟这些神怪电影的关系，我还没有研究，因为我最近才发现原来这个哥特式，这个勒·法努，这种怪诞，不是那么简单的东西，我一查这个所谓的影像，一大堆东西都跑出来了，更不要说吸血鬼，现在为什么吸血鬼那个东西好多好多？所以，往往是怪诞的、神怪的主题会被电影一遍一遍地推演。爱伦·坡的那个《乌鸦》(*The Raven*)，你们有没有看过？现在被拍成几分钟的片子，有人在读，后面就是电影，你们可以上网去查，你查爱伦·坡《乌鸦》(*Allan Poe*)，就有一大堆，不同的人在念，后面就各种影像都出来了，就是电影。爱伦·坡的电影太多了，我想勒法努 (Le Fanu) 的东西已经有了，那么施先生喜欢的那些影像是如何进入文本，变成文本的一部分，加强了它的视觉化的？而影像是不是因为在大都会的关系，所以它多少代表了一种大都会的文化的一面，这个还是很值得研究的。这么说起来我这个书缺点太多了，我怎么完全没有写到刘呐鸥、穆时英跟电影的关系？刘呐鸥最大的贡献就是他对于电影理论的研究，我们现在发现他是中国最先研究电影蒙太奇的人，小说写得马马虎虎……他的电影理论却很了不起。我如果这么讲的话，中国的很多电影评论家会批评我了，什么软性电影啦，颓废啦，你去看他写的电影文章，非常厉害。这么说，电影的因素进到了文学作品，或者倒过来，文学怎么改编电影，这是我最喜欢讲的题目，我的文化研究就是做这个东西的，所以鼓励各位多看电影。

第四讲

背叛离散或回归：
张爱玲的双语小说

我今天要讲张爱玲，这对大家来说应当是熟悉的。为什么要选张爱玲呢？这是陈建华的建议。我曾经出版过两本关于张爱玲的中文书，一本是讲她的《色，戒》，另一本是《苍凉与世故：张爱玲的启示》。包括《上海摩登》的那一章，翻译成中文，也在那本书里面。我今天讲的张爱玲是这些书里没有提到的，一个比较新的内容，讲张爱玲出版的几本双语小说，其实是英文写作，后来翻译成中文的。它们是《雷

⌃
《苍凉与世故：张爱玲的启示》书影

《雷峰塔》书影

《易经》书影

《少帅》书影

《小团圆》书影

峰塔》《易经》，还有一本《少帅》。当然还有附带的一些她的其他文章，包括像大家都看过的《小团圆》。

这些书为我们带来一个新的张爱玲，美其名曰"晚期张爱玲"，就是张爱玲离开内地以后，经过香港，到了美国，在20世纪五六十年代写的一些作品，后来被宋以朗发现。宋以朗的父亲宋淇先生是张爱玲遗产的监管人。宋以朗住在香港，我曾和他见过面。他为我们提供了非常丰富的研究晚年张爱玲的资料。

最近在香港大学开了一个关于张爱玲研究的会议，大部分的论文都是根据张爱玲的著作而做的研究。其中一篇英文文章，就提出了几个关键词，像"背叛""离散""回归"等。所谓"背叛"（betrayal），一个基本观点是关于张爱玲的文风，她的一生是不是背叛了中国的某些主流的思想，特别是她写的《色，戒》。"离散"这个词现在很热门，英文叫"diaspora"，就是华人到了海外，他们对于本国的文化有什么感受，有什么写法？是不是用离散的方法，观点是不是颠覆性的，或者是怀旧的？等等。至于"回归"，有没有回归中国文化，或者是解放以前的上海地方文化？对于这些关键词，其实我有自己的看法，我想讲的是什么呢？我自己比较关心的是：什么是双语写作？这个已经变成全球化理论一个很重要的话题，以华文语境来讲，如果一个华文作家用英文写作，她是不是就成为一个双语作家。这里面牵涉什么问题？这是我最近思考的。我曾经用英文写了一两篇书评，想到几个比较粗浅的问题。

第一个问题是：张爱玲的中文著作里面有没有英文的影子？大家一定会说她中文写得很好，怎么会有英文呢？可是《第一炉香》里面有英国人，《沉香屑》里有混血儿，《连环套》里面有印度人。他们说的不是中文，张爱玲是用中文把他们的语言带出来。这个本身就是一种隐含的双语写作。

另外一个有意思的问题，《倾城之恋》这本小说里面有没有英文的影子？有没有好莱坞电影的影子？如果有的话，是哪一部电影？这个我也不知道，我猜是有的。站在文化研究的角度来看，很明显看得出来的是：张爱玲小说里的上海是为上海人写的，她把上海小市民的这种感情写出来了，她的小说中有都市文化的一面。可是这些小说背后所蕴含的语言上的丰富性，绝对不是我们心目中所了解的白话中文。我第一次看《倾城之恋》的时候，就觉得前面那一段是很有中国味的，而后面那一段到了浅水湾酒店的时候就完全是洋味了，这不像是在华文世界里写的。特别是范柳原见到白流苏之后，两个人调情的时候讲的那些俏皮话，从写实主义的角度来看，白流苏在上海是一个离了婚的畏畏怯怯的少奶奶，到了香港好像突然很会讲话的样子，两个人讲起话来妙语如珠。范柳原一下子把《诗经》的句子都背出来了，他根本中文都有问题的。更有意思的是他们在旅馆里面的一段，范柳原拿起电话来，是白流苏听的电话，范柳原说："你看见窗外的月亮吗，月亮挡住了玫瑰……"当我读到这个情节的时候，我说这个画面绝对是从好莱坞电影里面出来的，我现在正在求证这个，是哪一部电影让她有这种灵感。我其实在文章里面写过，这种灵感带给她的是某一种中文以外的风景，某一种视觉的情怀。而这种视觉的情怀是当时好莱坞电影的一种类型，这个类型就是郑树森教授所说的以俏皮的对话为主的喜剧片。这类片子在20世纪30年代末40年代初的好莱坞非常流行。有位导演叫作普莱斯顿·斯特奇斯（Preston Sturges），拍过一系列这样的片子，比如说《淑女伊芙》（*The Lady Eve*），还有五六部其他的片子，我都看过。基本就是男女互相争风吃醋，斗嘴拌舌，完全是靠对白，男性最后被女性征服了。那种对话很幽默的喜剧，现在好多没有了。我觉得这段《倾城之恋》是从那里出来的。这背后是另一种双语背景，语言是中国式的，然而在浅水湾那一段就不见得，那一段可能是西洋式的视觉形象，包括旅馆的房间，香港本来就是西洋式的。当时好莱坞的电影以旅馆为背景的，不知道有多少，包括《大旅馆》（*The Grand Hotel*），你们看过的《布达佩斯旅馆》，就是模仿那个时候的电影。我最近找了一部电影是歌舞片，故事的内容就是花花公子要去追求一个落难的女公子。这个女公子就逃到旅馆里面。因为女公子落难却有钱，于是花花公子就开始勾引她，怎么勾引呢，他拿着电话，女公子在床上说："谁呀？"他就说："你看到月亮了吗？"挂下来，然后又响了，"谁呀？"他就开始唱一首情歌，这个电影叫作《假日》（*Holiday*），你们去找找看。这个是我旁门左道式的研究，不见得正确。我只是用这个例子来证明，张爱玲的小说之所以耐人寻味，不只是中国通俗小说一种优厚的传统。这个夏志清教授写过，就是把中国小说的通俗味道在她的小说中表现出来，也有一些很现代式的技巧，比如在叙事里面的叙述者是隐藏在后面的，一种非常世故的叙述者怎么来评论小说中的这些人物。这种叙事者有时候既不在里面也不在外面。这种世故的叙事者在中国传统小说里是罕见的，"五四"小说里面也很少。鲁迅的叙事者是反省式的，知识分子式的。而张爱玲似乎高高在上，我的书里面提到过这个问题。他们中文语言的味道使我想起一个英国作家，是张爱玲很喜欢看的，就是毛姆（Somerset Maugham），各位如果有兴趣再去找找毛姆的小说，一本一本地看，看看有没有像《倾城之恋》这种味道的小说。

张爱玲的小说里面有很浓厚的土味，这是通俗文学的味道。也有相当有味道的洋味，这个洋味是经过殖民主义过滤的一种味道。张爱玲上的学校是外国人在上海办的学校，是女校。她学的是英文，她看的很多是英文杂志，包括电影，当时她一定看过这一类的书。她在日本占领时期参加了一个酒会，见到了李香兰，李香兰问她最喜欢的作家是谁，她讲出了一个英国作家的名字。这些蛛丝马迹的证据让我感觉到，张爱玲的创作其实借助了很多英文，或者是英语带来的文化活动或者是文化的内涵。这种文化传统放在她的文本里面，使我们忘记她原来有这种洋味的迹象。她的语言太特别，所以耐读，大家都喜欢看，特别是上海的读者。因为上海的文化记忆还是比较世界性的。北京的读者觉得京味就够了，比如老舍是京味，现在有很多作家是京味。可是有上海特有味道的作家，比较少。张爱玲是一个很明显的例子。

另外一个就是她的英文著作里面也蕴含了很多中文元素，包括她的中国的回忆，包括她看过的很多通俗小说，比如"鸳鸯蝴蝶派"，比如《红楼梦》，比如张恨水的小说，也是很值得研究的。这就是我看她三本英文小说的基本出发点，就是她的英文里面到底含有多少中文的影子。这个中文的影子在技巧上是怎么样用英文的手段把它呈现出来的？呈现方式有哪几个层次？它和原来的英文产生了怎么样的一种复杂性的互动或者吊诡？这些问题我只是提出来，因为我也没有能力分析得那么仔细，我稍微举几个例子。一本是 *The Fall of the Pagoda*，《雷峰塔》的英文原版，另一本是 *The Book of Change*，《易经》的英文原版。这两本里面充满了借用的中文，都摆在后面，摆在阴影里面，然后不时在重要关头就出现了。出现以后和摆在前台的英文产生了一种非常有意思的对比。有时候也搞不清到底美国的读者能不能感受到她的那种味道。一个最浅显的例子就是她在《雷峰塔》里，今天我不免要用很多英文，不然例子很难举。《雷峰塔》里讲到她在上海的家里有很多佣人，每

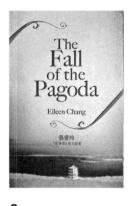

《雷峰塔》（英文版）书影　　　　《易经》（英文版）书影

个佣人的名字前面都是"Dry"，干燥的意思，对照她的《小团圆》可以发现，原来上海话中叫作"干"，在上海话里面讲佣人都是干妈、干嫂、干什么的。这里面有一个姓何的，何嫂或者何干，英文怎么翻译？"Dry Ho"，美国读者看到 Dry Ho 有什么感觉？是一个人老了很干吗？张爱玲写的时候她脑子里想的是中文，她如果用纯英文来表达的话就不会这么写，可是她非常聪明，她知道这么写美国读者看不懂，她要解释一下。她怎么解释呢？她在她的写作中加上典型的美国式的写作幽默，小说中张爱玲就说："我要找 Dry Ho。"另一个人就说："The way you yell Dry Ho, Dry Ho, even the river will dry out."（你每天叫干河干河，这个河都要被你叫干了。）

她为了中文要写这一段，要让美国读者知道她双语的运用。这是张爱玲的高招，可是这种高招用在一个句子上或者用在一段文字上，是否依旧会产生这样的效果呢？就很难讲了。这里面我发现另一个很重要的问题是英文的文本背后有中文，你想象的读者是什么？当你把英文的文稿翻成中文的时候，不自觉地会改写为英文，特别是自己翻译自己的作品，不会那么顺畅的，等同于在改写。当你在写英文的时候，脑子里想象的是一个英文的读者群。比如说学术论文的话，想的是美国的学界、英国的学界。写中文的学术论文的话，想的是中国的学界，你不会想到美国的亚利桑那州立大学，一定会想上海某某高校学生在看你的论文，这一点我自己有亲身感受。

张爱玲当时为什么到美国去？为什么不留在香港？因为她觉得香港不够文化，不够文明，赚钱不容易。她在香港赚钱主要是靠写电影剧本，有一个叫宋淇的朋友帮她的忙，可那个时候是冷战时期，香港只是一个跳板，所以她要到美国去打开她的新天地。为什么要去美国？因为林语堂在美国非常出名，张爱玲要做第二个林语堂。到美国她不会教书，也不愿意教书，没有学位，打不进美国的学界。这个现象不是张爱玲所独有的，第二次世界大战之后，大量欧洲的、俄国的知识分子到了美国，只有两条路可以走，一种是学界的路，一种就是美国通俗文化的路。有学位的有学识之人，纷纷被各大学聘请，成为美国第一批理论大师，这些人物就不讲了，懂得理论的都很熟，耶鲁那几位名将，个个都是从欧洲来的。在文化界，大量的欧洲文化人进入好莱坞电影界。所以张爱玲可能见得到好莱坞的剧本，我想她毕竟是一个作家，不认为电影剧本是严肃文学。虽然她的中文剧本写得非常俏皮，但是她并不认为那是她最好的作品。如果各位要研究张爱玲的电影的话，她的电影剧本的后面照样是好莱坞的电影，非常明显，她还把好莱坞的电影改编成中文的剧本，《一曲难忘》就是，很明显她看过这个电影，把故事的情节变成中文。还有一部是把《呼啸山庄》改写成中文剧本，那个电影我以为没有拍，后来有人说拍过了，名字叫什么我忘了，因为张爱玲那时候最喜欢看的就是《呼啸山庄》《简·爱》这类的书。张爱玲到了美国之后，学界打不进去了，在美国赖氏女子学院做助教。我在哈佛教书的时候有一位很热心的朋友叫作张凤，特地带我到张爱玲当年住的公寓去，那房子还在。可惜那时候还没有人知道张爱玲是谁。所以她到了美国之后，可以想象她的目的就是希望用中文写作，把她的小说推给像林语堂一样的观众，是什么样的读者呢？是美国的中产阶级，他们对于其他文化有一点兴趣，常常订一些通俗的杂志，最有名的就是《星期六晚报评论》（*Saturday Evening Review*），那里面有很多小文章，还有一本《读者文摘》，是当年施蛰存很喜欢看的。这些杂志在当时中产阶级妇女中有一些影响，我猜想张爱玲是为了这些读者写的，所以她的想象的对象是这样的群体，不是学院里的读者，更不是在上海的人。下面的问题就是，在她的心目中是不是有上海懂得英文的读者？我看没有。这和她早期在上海用英文写文章不同，比方说她在上海写了一篇很有名的文章叫作"Chinese Life and Fashion"，1943 年先用英文写，后来用中文写成《更衣记》。各位如果对比这两种文本的话可以发现，她在英文文本里面站在一种高高在上的华人的立场，对外国人说我们中国人多奇怪，多好玩，多可爱。她用这种半讽刺的手法来写中国人的时尚（fashion），中国人穿的衣服。用中文来写的《更衣记》就没有这个味道了，是另外一种写法。她的讽刺是中国人的自我讽刺，她把自己变成她读者群的一部分。这里就牵扯出一个非常有意思的问题，从什么样的立场、用什么样的声音来写这篇文章。而这个立场直接应对的就是所谓的读者群。很可惜的是张爱玲在美国努力了很多年，都没有成功。她走的都是当时美国的正路，什么叫正路呢？就是一定要到东部，一定不能去西部，一定要到纽约附近。于是她到纽约附近找到了一个作家营，当时美国有很多这样的作家营，现在还有，不多，中国后来也有一些作家去过。她申请到了那里，写的就是这些作品，《易经》《少帅》等，这可以让张学专家来考证，这里暂时不谈。在那里她碰到了一位鼎鼎大名的欧洲移民——赖雅。赖雅是布莱希特的美国代理人，是欧洲左翼知识分子，流落在美国郁郁不得志，小说写不出来，好在娶了张爱玲，最后穷到张爱玲要到香港赚钱去养活他。可是张爱玲对他一直忠心耿耿，两个人后来一起迁到旧金山，张爱玲供养他直到去世。而且很有意思的是像他的为人、他的心态，张爱玲的英文小说中没有一个像他这样的角色。有人认为《小团圆》堕胎的那一幕多多少少有这样的影子，据说这是张学专家研究的，她和赖雅没有结婚的时候为他怀了一个孩子，然后堕胎了，这个存疑，我也搞不清楚，这个细节并不重要。重要的是她的小说里没有这种欧洲离散知识分子的形象。拿她和纳博科夫来对比，纳博科夫小说中很多这样的人，甚至他的《洛丽塔》，这个小说张爱玲看过没有，不知道，但电影她可能看过，电影里面讲洛丽塔这个小女孩 12 岁还是 13 岁。而《少帅》的这位赵四小姐 13 岁，是不是偶合呢？存疑，各位可以研究。这是一个很年轻的小女孩，洛丽塔爱上一个比他大十几岁的男性。这在文学上是非常重要的一个典故。张爱玲这么写就是为了迎合当时美国中产阶级读者的口味。所以她用的参照系统，就我粗浅的研究，都是美国的这种通俗的作家，不是精英型的现代主义作家，比如像福特纳、海明威，他们那些是后来起来的，他们也在这些杂志上投稿，也不是英国当时领现代主义风气的像伍尔夫这种。她看的是马宽德（John Marquand），这个人现在很少有人知道了。我知道这个人是因为我的岳父，美国诗人保尔·安格尔（Paul Engle）认识这个人，我也没有看过他的小说，最近根据高全之的研究，她的小说《半生缘》整个的故事是从马宽德的小说套路那里来的，但是改头换面之后完全就是张爱玲的作品了，你不用管哪个作家，都是套子，都是幌子。这样的例子为张爱玲的双语写作增添了双语的神秘气氛。双语的背后是两种特定的文化，上海的小市民文化和美国的中产阶级文化，在她的小说里面作了一个巧妙的融合。

如果知道给谁看的话，她就知道用什么技巧、什么立场、什么口吻来写。张爱玲小说中最重要的一环就是叙事的时候有一个隐藏在后面的声音在不停地做评论，她的小说耐看就是这个道理。这不是写实主义的手法，也不是现代主义的手法，现代主义的意识流根本不需要这个东西，那么是什么样的手法呢？各位如果想借鉴的话，《大亨小传》（*The Great Gatsby*）就是这种手法，《大亨小传》在电影一开始就来了个叙事者，那是在文本里面，在电影里面的是一个真人。张爱玲不用真人，用的是一个影子，一个叙述者的影子。所以她的早期短篇小说里面做影子式评论的时候，感觉她既是上海人也不是上海人，既是一个小市民又是一个作家，所以她的语言灵活地变换，使得她文本里面充满了各种味道。可是到英文作品的时候，她受到了限制，这时候我们发现她一贯的叙事者的声音没有了。她补救的方式是什么呢？是我刚刚举的例子。有时候来一句幽默，加个隽永的警句。有时候在对话上花很多时间来打磨，到后来对话越写越多。大家看《少帅》前面的两三章几乎都是对话，讲不清楚谁在和谁讲话，她是从对话的语言里找出一些文学的火花或者是语言上的反讽，或者是文化上的冲撞，等等。这一种对话体是当时那些杂志上典型的风格，比如早期的海明威，都是对话，一个人在酒吧里面以当地人的口吻对话。用对话体来写，捕捉一种语言上的韵味，可是叙事这种微妙的声音没有了，因为美国读者也不习惯这种灵巧的叙事风格。英国有，这是一种英国特产，英国人懂幽默，所以英国的作家很多人用这种叙事风格。

张爱玲用的这种声音进到文本之后没有一种固定的声音。在文本里面产生的味道反而是我们要关心的问题，是句子和句子合在一起或者一段一段合在一起。要完全忘记中文，看她那一段是怎么描写的，我发现这两本小说都有很多精彩的片段。特别是张爱玲描写家具，描写一个人在私人空间，比如一个爸爸在家里面开派对的时候，一个小孩子躲在后面，看什么人物穿什么衣服，这是张爱玲拿手的，照样写得好。但是通过英文把故事细节，穿什么衣服，穿什么颜色，以及家具等配合起来，光影和色彩的描绘等给我们一个非常生动、非常灵活的场景。可是这个场景是上海的，是 20 世纪 30 年代的上海。她写得很好，上海味很浓，中国味很浓，问题是外国人看得懂吗？能够感受到里面的味道吗？这就牵涉到另外一个问题，就是现在所谓研究东方主义的人似乎没有注意到的问题。这种是不是东方的？是不是在美国的读者面前故意把中国变得所谓的异国情调了？加强异国情调的描绘让美国读者觉得好奇，哦，原来中国人是这样的，吃饭筷子那么细，菜那么多，还有人抽鸦片。是不是对中国不敬，是不是一种背叛？

我想张爱玲脑子里没有想过这些问题，她想的是怎么样把她最拿手的中文技巧用英文表达出来。她关注的就是这个问题。这个问题要再继续讲下去的话就要借用理论了，这个理论现在是初级阶段，从原来的语言翻译成另外一种语言的话，你是要保持原来语言的味道，或者是更有翻译的语言的味道。比如说英文翻译中文的话，你如果完全保存英文的味道，中文就是硬译了，鲁迅就是硬译，要保存原来的味道，句子就不能改太多。可是中国人怎么看得懂呢？于是就有严复说的"信达雅"的问题，信先不管，要怎样才能达和雅？现在有一种说法是，正是因为你是中国本位，中国作家用英文写，不能失去中国味。所以用英文一定要让英语读者知道你的中国味十足，可是你还是用英文来表达。这里面就牵涉到一个非常复杂的问题。

我最近又一次看了大卫·霍克斯（David Hawks）的翻译，因为我第一次看他翻译的《红楼梦》就觉得非常得好。在保存《红楼梦》的味道方面他甚至超过了杨宪益夫妇，后来杨宪益先生亲自告诉我霍克斯是大家，当然杨先生是谦虚。仔细对照两个文本，杨宪益的翻译非常正确，没有什么大错，霍克斯的小错很多。可是到诗词歌赋的时候他用的是很典雅的英文，用英国不同时代的英文来翻译贾宝玉、林黛玉的诗歌。这就呈现出一个吊诡的效果，英文越经典、越古典，中国味抓得越浓、越准。不是说英文一定要学中国味道什么的，如果这样的话英语有时候就不通了。我觉得张爱玲徘徊在这两者之间。她当时不管什么翻译理论，也不管什么《红楼梦》翻译。据我所知她没有看过霍克斯的翻译，因为他的翻译完成在张爱玲的小说之后。我想她基本是靠自己的才智和才能，她当时自己看美国杂志上的短篇小说，悟出来她的英文文体。这种文体勉强可以说是一种中等的文体，既不是精英高调的，又不是很通俗的。她希望用这种文体来写她的这种小说。我个人的评价是得失参半，整体来说不尽如人意。为什么呢？因为你没有办法真正达到令读者满意的境界。我找过几个例子，今天因为时间的关系就不讲了。里面有一种特别的写法就是张爱玲把一种具体的事物像月亮啊，灯光啊，把它抽象化变成一种很抒情的意象，这个是张爱玲的特长。可是用英文来写的话往往就不行了。比如月光（moonlight）后面的动词就没有力量了。我常常发现她用的一些动词欠考虑，而英文的诗里面对我来说最重要的就是动词的力量。她用的连词是那时候她所学到的用法，我们现在不用了，比如请客吃饭。《色，戒》是她先用英文写的，本来的名字叫 *Chingke*，当美国读者说 Chingke 的时候，就是东方主义。她后来就解释，中国人最喜欢请客吃饭，叫 stand dinner，现在没有人用 stand dinner，可能那时候是有人用的，这是张爱玲特殊的用法。后来她的朋友说你这样不行，讲间谍故事，干脆改名叫 *Spy Ring*，因为里面讲到一个戒指，Ring 就是一组人，语意双关，这个很精彩。那一篇小说也没有卖出去，我曾经把那篇小说和电影《色，戒》做过对照，我的结论是《色，戒》好多了。《色，戒》中最精彩的是印度珠宝商的那一段，英文里面写得很少，中文那段是花了很多功夫写出来的，电影里拍得也很精彩，有一个印度演员在里面。所以仔细来看的话会发现音调、立场进入她的文本里面的时候会产生各种不同的变化，可是为什么有的小说看起来很过瘾，有味道有乐趣呢，那时候小说的关键词是"乐趣"（pleasure），乐趣从哪里来呢？不只是内容，还有文体，这个文体是张爱玲想达到的。

这里还有一个八卦可以和大家讲，张爱玲对自己的英文程度自视非常高，多年后香港一个杂志叫《译丛》，想翻译张爱玲的一篇小说登出来，基本是用张爱玲的译本。有一个高手想改这个译本的几个字，那个高手就是闵福德（John Minford），他是大卫·霍克斯的女婿，翻译《红楼梦》后四十回的，真正的高手。这是闵福德自己告诉我的，他英文好得不得了，他就想改张爱玲小说中的几个字。张爱玲回应说我不在你这里出版了，你竟然能够改我的英文。从这里可以看出她对于自己英文的那份骄傲，似乎跟她的小说打不进美国市场有点关系。

她当然也把她的小说给她的朋友看，关于《少帅》她提到了三个朋友，她说两个人喜欢，一个人不喜欢，可是她最后还是听喜欢的人的意见，她没有听不喜欢的人的意见。不喜欢的意见也听了，他说你的中文名字太多了，我们搞不清军阀什么的。于是她就把几个人物放在一起，人物越少越好，还是不行。因为《少帅》的背景是民国初军阀混战的时候，大家知道少帅指的是谁，是张学良。青黄不接的时代是张爱玲最喜欢的一个时代。她就写一个爱情故事，背后是中国历史最混乱的时代，她怎么把这个历史写出来？如果好的话，她应该超过《色，戒》，因为她写的是一个长篇小说，结果只写了七章还是八章，本来要写十章的，后来就放弃了。这个小说是在《雷峰塔》和《易经》后面写的，应该是在 1963 年左右，关于这个有一篇非常精彩的考证文章。

如果她文体有问题的话，那么英文版和中文版的对照有什么不同，这就非常有意思，因为张爱玲讲的是同一个故事，她不停地讲，就是她自己的故事，就是她家庭的故事。她的故事大家都很熟，在上海的大家族，和李鸿章等人的家庭渊源，早期受到她父亲和继母的迫害，17 岁就被关起来，那是她幼年最难以忘怀的创伤，她不停地写，写了好多次。另外一个心理创伤就是在香港大学做学生的时候，遭到日本人的轰炸，学生一下子傻眼了，不知道该怎么办，日本人占领香港的时候他们走下来，遍地荒芜，有人还想去看电影。那一天在她的《烬余录》里写得非常精彩，但不是小说，我认为是张爱玲所有杂文和散文里写得最好的，因为她抓到了历史的时刻并把它抒情化、内心化、个人化了，变成了她自己特有的文体上的一个高峰。她在小说里不停地重复这两个伤口，所以她的英文小说《易经》写到日占的时候，也相当精彩，而且里面有一两段是在中文里面没有写到过的，比如有一段，就是写她有一天晚上看到她妈妈回来，走在港大校园里，突然发现探照灯好像一条龙在天上飞舞一样照到她身上，她突然感到自己好像变成历史舞台上重要的人物。

这种感受，就是所谓的神灵显现。用乔伊斯（James Joyce）的语言说就是显现（epiphany），好像突然灵魂被点亮了。照本雅明的说法就是启迪（illumination），一个神秘的光亮一下子照到她，使她，一个小人物，变成一时的主角，这就是典型的张爱玲。就是一个小人物，特别是女性，突然发现站在了历史的前端，历史为了她，成全了她，就像《倾城之恋》，一个城市的陷落，成全了一段婚姻。《少帅》讲的是同一段故事，西安事变之后，少帅最后被蒋介石软禁，这成全了少帅和赵四小姐的婚姻，赵四小姐一直跟他过着美好的婚姻生活，随他到夏威夷。可以说，讲少帅也是在讲张爱玲，小说里的赵四小姐，讲的就是张爱玲。

而张爱玲的故事里面，有几点是和她的岁数有关的，她被她父亲软禁在钟楼那段，在各种小说里写到。《雷峰塔》有一段就写这个。我认为写得比《小团圆》还好。因为叙事观点出来了，她是一个 17 岁的小孩子，被关起来，她幻想着有人来迫害她。里面的幻想包括性的幻想，包括情色欲望（eroticism），包括她看的英国小说的幻想，因为我突然感觉这一段，张爱玲写的是什么，是哥特式的小说（Gothic Novel），就是所谓《阁楼里的女人》（*mad woman in the attic*），就像《简·爱》里面的被关在楼顶上的疯女人，不过《雷峰塔》里被关的是张爱玲。可是，《简·爱》里那个疯女人没有讲话，只是乱叫然后死掉了，所以女性主义很同情她，因为她受到男性的压迫。这里面是张爱玲自己的声音，她描写自己受监禁，那个叙事者的声音，非常成熟的声音，不像是小孩子的观点。这里面你可以看得出张爱玲真的是到了灵感挥发的时候，特别是当她描写自己身世当中最精彩的段落的时候，她不停地在写，写得最精彩，几乎没有一次失败。

另外一个特色就是，在她的英文小说里面，性的描写一步比一步大胆，最大胆的是《少帅》。我今天要解释为什么这个性这么重要，那是在她的英文小说里，在中文小说里写得最大胆的是《小团圆》。各位看过《小团圆》吧，你们可以看到，她和胡兰成怎么做爱，胡兰成怎么追她，她怎么样亲吻着胡兰成嘴里的臭气、烟气。一般来讲，张爱玲早期的小说是没有性爱描写的，我们可以假想范柳原和白流苏，范柳原这个花花公子一定要在旅馆里和她做爱，然后白流苏就欲推还就的，但是这里面几乎没有色情的描写。而范柳原和那位印度公主做了好多次爱，也没有描写，连那个印度公主身体的样子都没有写清楚。为什么中文小说里面这种描写不露骨，没有一种感官情色（sensual eroticism）。这种描写在英美 20 世纪二三十年代的小说里是很重要的一环。有人认为女性的解放是从这里开始的，比如说你们看 D. H. 劳伦斯（D. H. Lawrence）的《查泰莱夫人的情人》，他背后有深厚的反叛社会阶层的一种意识，就是查泰莱夫人最后和一个马夫做爱，那是很大胆的。还有《恋爱中的女人》（*Women in Love*），都是这类的，就是怎么样把人的身体欲望放在前面，背后是社会阶级观念，以这种欲望解放的方式来打倒、对抗、干涉背后的禁欲主义。

张爱玲在她的早期小说里显得比较保守，似乎有点基督徒的（Christian），放不开。然而我发现是我错了，最近在《少帅》里面她写得更精彩，应当是张爱玲故意这么写的。少帅大概有三四个做爱的镜头，这个怎么写呢？一个比一个描写的篇幅多，而且描写的时候意向性的、象征性的意味越来越强。当我看到第六章最后做爱的时候，感觉她的男朋友少帅像一个野兽在吃她。那么女性的身体到底是怎么样的感觉，我就干脆念出来算了。各位如果懂英文的话，可能感受到更多。英文是这么写的："An animal was feeding on her. She saw his bent head enlarged by perspective between her reared thighs and felt his hair brushing against her with a frenzy of terror."（一只兽在吃她。她从自己竖起的大腿间，看见他低俯的头，比例放大了他的头发摩擦着她，使她毛骨悚然。[郑远涛译]）这里就很大胆，腿翘起来。然后继续描写："The flicks of his kisses furled petal-like in and around the bud of her inner self, intolerably."（他一轮急吻像花瓣似的向她内里的蓓蕾及其周边收拢，很难受。）其实写的什么，你们去意会一下。表面上是非常抽象的，其实是非常写实的。"Intolerably"（很难受），她加了一句副词，是谁在 tolerate（忍受）谁啊，是女性觉得这个东西受不了，这是我的解释。"The resignation of the fallen prey alternated in her with some unformed yearning to get away somehow or devour in turn, be packed full of him."（俘猎物的无奈与某种模糊的欲望在她的内心轮流交替；要设法离开，不然就轮到她去吞噬他，拿他填满自己。）就是她变成一个被动物吃的受害者，"prey"就是猎物。作为一个猎物的她，只好应付这个场景，她一方面这么感觉：随他来吧；另一方面，"alternate"（交替），另一种感觉呢，"with unformed yearning"（模糊的欲望），表达不出来的，还没有成型的欲望，"to get away somehow"（要离开他）。下面，"or devour in turn"（或者反咬他）。男人在要，然而她再要把他吃掉。各位想一想，性交的时候怎么吞掉，这就是非常大胆的描写。

然后下面用英文不太恰当，"be packed full of him"（填满自己）。因为"packed full"是箱子装得满满的，然后呢还没完。"She tried to get up several times. At last it was him again smiling down at her."（她好几次试着起来。终究又还是他在上头向她微笑。）这句文法有问题，应该是"it was he"，可能当时在美国都是用"him"。"It was him again smiling down at her, a little flushed."（他在上头向她微笑，脸泛微红。）"She took him almost gasping with relief, catching sips of half a glass of wine, rocking on board ship."（她让他

来，近乎解脱般喘气，不断呷着甲板上摇晃的半瓶酒。）这是在船上做爱，这里面英文就是很有意思的，"she took him almost gasping"，这是男人在喘气还是女人在喘气。然后，"gasping was relief"（解脱般喘气），放松了。中文的翻译是有人在喘气，我觉得是男人在喘气，或者两人都在喘气，是谁放松呢，这个就是英文的魔力了。"catching sips of half a glass of wine"（呷着半瓶酒），原来他们在喝酒，旁边有个红酒。

这是一个 drama，一场戏，不是真实的描写，是想象出来的。张爱玲怎么知道少帅和赵四小姐这么做爱，完全是她想象出来的。她为什么这么写，而且在英文里面用这种手法，中文里面是写不出来的，如果有的话大概就是《小团圆》里面的写法。这本身就是非常有意思的问题，就是为什么她用这么原始的意象。我要向冯晞乾这位研究张爱玲的学者致敬，我觉得他解释得很好，冯晞乾是在法国留学的一位研究张爱玲的学者，他写的将近两万字的论文里面就提到，张爱玲是故意这么写的，她的目的就是要把中国女性两千年来受到的性压抑恢复到一个远古式的参照系中。换言之，中国的女性两千年来都是扮演同一个角色，就是在床上做爱生育，永远是被男人压在下面。所以这几场做爱镜头，女人都在下面，总是女人的反应，一半是排斥（repulsion），很不喜欢，一半就是欲望刚刚起来可是不敢起来。她的目的正是因为她想解放而解放不了，所以这个学者认为她用很独特的手法来表现女性的主体性，而且举了很多例子。譬如说，为什么要把这位赵四小姐变成13岁呢？因为在一首杜牧的唐诗里面，有一个女孩13岁。为什么到了赵四小姐17岁的时候与少帅变为夫妻，因为张爱玲17岁的时候发生了她爸爸囚禁她的事情。这两者都是虚岁，实际是12岁和16岁。故事里赵四小姐13岁是1927年，故事大概是从1925年开始的，他做了非常仔细的考证和解释，但是各位可以不同意他的说法，这个无所谓。

我还没看完这部小说，我对它初步的评价是情爱描写是一流的，她写的是爱情故事，这是一以贯之的张爱玲。《倾城之恋》就是一个弱女子在历史的背景照耀下，生命结局发生了改变。本来是个弱女子，一定是悲剧的，结果以喜剧收场。而这里面是同样的模式，为什么张爱玲喜欢写少帅张学良，而且还特别到台湾去，找了很多资料。最后她用丰富的想象力开始写这个小说，可是书中的历史就很差了，几乎是交了白卷，她无法掌握军阀混战时民国初期的情况，所以她用了自己仅有的技巧，因为没有办法掌握历史。

非常有意思的就是，张爱玲在她的散文里面讲到了托尔斯泰，而且特别提到了托尔斯泰的《战争与和平》，她一定是看过的，可是从托尔斯泰那里她什么都没有学到。托尔斯泰的历史小说非常厚实，前景是一段婚姻而已，但是你看背后蕴含了多少东西。托尔斯泰是贵族，喜欢历史，他在写贵族的没落，张爱玲也是贵族，可是是一种女性的贵族，是一种上海的贵族。她仰慕军人，所以她觉得张学良穿军装最漂亮。她是从一种狭窄的贵族生活的空间，对历史作一个反讽式的挑战，或者一种开玩笑似的挑战。所以从这里面我们可以看出来其实张爱玲到最后都没有办法找回上海的话，只好用英文的方式来重新找寻她自己的上海。所以这整个的尝试我觉得基本上是失败的，是光荣的失败。她毕竟写出了一些场景，我们现在看来还是很难忘的，不能说全部是浪费。那么她这种乡愁也好，想家也好，或者魂牵梦萦上海也好，怎样来解释呢？为什么张爱玲一天到晚想这个东西呢。王德威教授在《易经》英文版的序文里面，提出两个观点，我稍微介绍一下。第一个观点就是张爱玲的技巧和艺术有两个特色，在这两部英文小说里，一种是"involuntary"，就是一种被动美学，不是一种主动的美学。就是说她不主动地参与历史的变化，而是在某一种并不情愿的心境下面，用她的美学来表示"inward turn to itself"，就是走进她的内心，这里面不是张爱玲的内心，而是她的家庭。走进"domesticity（家庭性）"，一种家庭的内在世界，而不是外在的世界。这个内在的世界在英文小说中表现得较为明显，她当时怀念的是什么，胡兰成写出来了，还写了很多有关她妈妈的，就当时心里面最怀念的最私人的东西用英文写出来了，这是第一点。第二点，他说张爱玲的技巧是一种"derivative poetic"（衍伸诗学），特别是在《易经》里面所表现的，什么是"derivative poetic"？英文说："Her narrative does not emphasize originality so much as a capacity of continued, figurative replacement and transformation, thereby subverting any claim to authenticity."（她的叙事与其是强调原创，毋宁是显示一种延续，换置比喻和改变的能力，因此颠覆了任何纯真的宣示。）他的意思就是说张爱玲用不停的手法来取代来改变她的回忆，所以颠覆了任何的纯真的说法。换言之，还是小说（fiction），不能把她的小说当成回忆录来看。

我觉得王德威基本上说的是有道理的，可是这两种美学还是没有办法解决一个问题，为什么张爱玲在不停地回忆同一样东西？他解释了一个 how（怎么样），但是文学上很难解释 why（为什么），可是我们可以用 how 的办法解释 why，就是她怎样做的同时，你可以发现回忆既然是一种小说式的重写，那么最后又回到我所说的一个双语的问题，我一直觉得当一个人写同一个事件的时候，每次写都是不一样的，所以不应该说是写同一样东西，甚至不能说是 self-writing（只写她自己），应该是一种 rewriting（不停地再写再写）。而重写的过程里，语言的因素在起作用，而 rewriting 里她自己的个人已经变成好几种，可能是英文的张爱玲，中文的张爱玲，小说的张爱玲，或者是某一种语言上的张爱玲。那么这一种个人进来之后，分散在小说的文本的内容里，使得她的语言文字保存了记忆的某一种灵光，某一种迹象，看你用什么语言来讲，可不是 authentic（纯真的），她越写越不纯真。所以王德威说的 derivative，延伸的演变的不是独创的，用的例子就是《红楼梦》，他说《红楼梦》的写作经历了增删过程，曹雪芹不停地在写自己的家事，可是还是没有写完，各种不同的版本，就好像张爱玲用不同的版本来写她的家事一样。可是相形之下，我觉得张爱玲毕竟是一个现代作家，不是曹雪芹。她的写法还是和曹雪芹不太一样，这里我想到很难解决的一个问题，就是她同时代的作家里有没有用类似的方式写自己的？这个问题让我一下子想到普鲁斯特，他的《追忆似水年华》就是写他自己。普鲁斯特用了五六卷写《追忆似水年华》，写得最精彩最微细的部分是：早上起来妈妈给他一杯茶，吃个法国小饼干。那个味道一写两三页，像这类东西非常多。他和张爱玲异曲同工的地方就是，越是小细节越花大量的篇幅写，而这个里面时间就不重要了，写实主义的时间完全不管，所以他的语言开始转来转去，因为他完全不顾写实主义的要求，所谓的直线型语言（linear time）。所以我们看普鲁斯特有时候觉得非常闷，句子拖这么长，他总觉得句子讲不完，那些细节讲不完。张爱玲也是这样，可是张爱玲的英文没有达到普鲁斯特的境地，因为张爱玲不是这样的写法，从来不用长句，用的都是比较短的句子。她用的是意象似的句子，是一种反讽似的句子，有点洋味，然后用了大量中国传统小说的口吻，这些东西就很难变成普鲁斯特那样的。这就牵扯到两种文化的不同了，这些细节没有办法讲了。

学生：我注意到民国时期好像很多女作家也像张爱玲一样，她们的自传性题材实际上是她们整个写作生涯当中贯穿始终的一个主题，包括冰心、萧红，等等。我最近在看凌叔华，她好像也是。开始她也写了一些小说，是自传性的，然后到比较长的东西，可是最后回到了最初的一个起点，出版了一本英文的自传体小说叫《古韵》（*Ancient Melodies*），也是在英国出版的，20 世纪 50 年代的时候。那本书好像还蛮畅销的，内容是介绍她小时候在大家庭的生活，跟张爱玲晚期的作品有一点类似。我想请问的是，为什么张爱玲不停地反复地写同样一个题材，当她进入英语写作的时候，也是写自传性的题材？

李欧梵：是，我最后就是想解决这个问题，为什么她不停地回归她自己家庭的故事。《古韵》我倒没看过，所以很难回答。也许可以回答一下你所谓自传的问题。严格地讲，自传有好几种，一种是自己写的回忆录（memoir），这种自传现在很多人写。也有一种是属于自传体的小说（fictional autobiography），这里面我比较注重小说的虚构性，它只是把个人的自传变成一个幌子，其实里面的细节都是虚构的，当然我把张爱玲放在这个里面，表面上都是自传，可是里面的虚构性你越看就越多，为什么？怎么虚构的？是文学的技巧和语言把它带出来的，我本来希望她的英文的技巧和语言能够带出更多的东西来，但是我有点失望，她带出来的是她隐私的一部分，而不是真正艺术的另外一个高峰，这是我最后的一个结论。所以，为什么张爱玲老是回归她自己的这个东西，这是一个难以解答的问题，可惜她已经去世了，你问她她也不会回答了。我觉得张爱玲在美国没有反省，脑子里面老是想她在上海的那一段，进到一个新的文化里，住了三四十年，接触到那么多人，好像完全没有吸收她在美国所接触的各种文化，包括 60 年代的反越战，她都没有，甚至连她老公赖雅的那种欧洲知识分子的知识也没有吸收到。为什么张爱玲一直构思以前的东西？也许我们可以公平地说，她到了晚年都是在回忆，不停地回忆她的家史，她的家庭毕竟是了不起的，那么一个大家庭，对她来讲，也可以说那段历史永远没有了，你再稍微拉广一点就是那段历史在中国也没有了，在西方根本找不到，所以她觉得那是最珍贵的，是一种历史的原真性（authenticity），她用一种虚构的手法表现出来，所以我理解她不停地改写同样的事情，我批评的是她改写得不够成功。

跋

2014 年 10 月 16 日至 24 日，李欧梵先生应上海交通大学人文学院之邀为"名师讲堂"作了题为《从世界文学的视野反思中国现代文学》的系列演讲，共四讲，分别以林纾、鲁迅、施蛰存和张爱玲为主题。

　　李先生在交大的这次演讲，可谓盛况空前。虽然八九年过去了，但当时的场景仍历历在目。尤其是每次演讲之后的问答环节，师生们的反响至为热烈，别有一种理工生的尖锐和广阔视野。偌大的礼堂座无虚席，有不少学生是从隔壁华东师范大学或别的学校赶来的，有的还不忘带上一大摞李先生的书，等待签书的听众排起了长龙。

　　李先生自 20 世纪 70 年代起驰骋于美国学界，出版了《中国现代作家的浪漫一代》《铁屋中的呐喊》和《上海摩登》等著作，以追求中国"现代性"名闻遐迩。鲜为人知的是，20世纪90年代初他在芝加哥大学与一批不同学科的学者倡导跨学科文化研究，又在哈佛大学主持东亚文化研究工作坊，这些皆开风气之先。自2004年起在香港中文大学执教，坚持"跨文化"研究方向，新著不断，如连珠炮一本接一本，涵盖文学、电影、音乐与建筑等领域。他如本雅明式的"游逛者"，始终保持一种"世界主义"的人文关怀，对于全球化时代的人文危机持一种边缘与多元的批评立场，在华文世界产生广泛的影响。

2013年夏，我从香港科技大学荣休之后受聘于上海交通大学人文学院，同事丁晓萍和符杰祥两位教授对李先生敬仰有加，十分希望他能来做一次讲座。我向李先生转达了他们的盛情邀请，他既感动又踟蹰，讲什么好呢？他说前不久已在北京大学做过有关中国现代文学的系列讲座，不愿重复自己。记得那个夏天我去香港面谒先生，最后商定讲几位中国现代作家，这也是我的建议，怕他太费神，又觉得比较适合交大的通识教育。其实那时他正对晚清这一段大感兴趣，写了有关林纾以及其他科幻翻译的文章，我还受叶祝弟主编之托，为《探索与争鸣》杂志对他作了一次讨论晚清文学与文化研究的专访。

那天开讲，李欧梵先生的题目是《从世界文学的视野反思中国现代文学》，当时我眼前一亮，原先他说借此机会对自己过去的研究作一番"反思"，却完全没想到带来了"世界文学"这个全新视角。像他开场白说的，在7月里受到香港城市大学和哈佛大学的邀请，参加了一个"世界文学"的国际论坛，和海内外一些学者进行了多场讨论。因此，这个讲座对李先生来说不啻为一场中国现代文学与世界文学的新的探索之旅，我也莫名兴奋，而在整理讲稿的过程中，目不暇接地重温他一个接一个的观点，深觉自己在许多地方需要消化，需要补课。这里仅把我的读后感想写出来，跟读者交流，或许能起一点参考作用。

"世界文学"这一概念最早是由歌德提出来的，出现在1837年出版的由艾克曼整理的谈话录中。歌德通过德语翻译读到中国和其他国家的文学作品之后，提倡一种促使各民族之间互相理解而消除隔阂的世界文学。20世纪20年代初郑振铎把"世界文学"的概念引入中国，不是歌德版的，而是以人类的共同性及历史进步性作为出发点，并主张把世界文学作为一门独立而统一的研究学科。长期以来世界文学属于比较文学的范围，占据主流的是以西方文学经典为基准而对国别之间文学作"影响"研究。20 世纪末由于对西方中心主义的批判、民族意识的高涨、文化政治的重组和人文资讯的高速传播等因素，一种与全球"流通"生态相应的"世界文学"的理论应运而生。

这以哈佛大学的大卫·达姆罗什为代表。他在《什么是世界文学》一书中指出人类文明的开展即伴随着世界文学，文学翻译缘起于人口迁徙与跨国贸易，任何语种的文学作品，若在本土之外的其他地方"流通"，包括翻译及其融入其他文化体系而被广泛阅读的，皆可被视为世界文学。这就打破了比较研究的格局而提供了一个文学与人类文明进程的全球"流通"视野，不光牵涉到当下国际学界文学研究的方向、传统欧美与第三世界之间文学经典的排名以及学院里文学课程的重新设计，也涉及对文学史的重新认识与书写，如达姆罗什以梵语故事集《五卷书》为例，勾画出它历经十多个世纪在东西方各国翻译和流传的途径。这一世界文学的重新定义在理论上也激起国内的反响，如 2013 年北京大学出版社出版的《世界文学理论读本》一书由达姆罗什、刘洪涛等主编，收入二十多篇具有代表性的论文。

李先生的这次讲座以林纾、鲁迅、施蛰存和张爱玲为个案，所谓"反思"是双重的：首先这针对他自己以往的研究，如第一位林纾，早在《现代中国作家的浪漫一代》里有专章论述，这么说至今已有半个世纪了。对另外几位作家他也有过不少论述，然而正如讲座开始时李先生交代了他所参与的"世界文学"的理论背景，那么以此为基础的"反思"不光是针对以前的某些观点和方法，也是在"世界文学"视野中对中国现代文学乃至中国文学史的重新思考，这也是这场系列讲座的特殊意义所在。

李先生是怎样在世界文学的视野中进行他的"反思"的？与世界文学的理论有怎样的互动和协商？有什么新的发现？通过什么研究方法？为我们带来怎样的启示？

首先对于歌德的世界文学概念，李先生开门见山地指出："这个观点毕竟还是欧洲中心主义的，他们还是从欧洲本位出发的。"事实上，世界文学理论有几种倾向：后殖民论者把文学看作世界经济和政治结构的反映，强调西方中心的权力关系及解构策略；另一种则认为世界文学具有超越政治之上的相对的自治性。至于歌德的观点仍未丧失其活力，有的认为其中含有一种普适性人文主义立场，还有待实践。对于总的趋势，李先生认为："说得浅白一点就是，他们觉得要放弃欧洲中心主义，就是把欧洲的和东方的放在一个平等的地位，注重的是互动，可是互动是不是真正的平等呢？有待我们来考虑，来参考。"这表明了他的基本立场，作为一个中国学者很有代表性。的确，"放弃欧洲中心主义"已不成问题，世界文学成为新热点，正以此共识为基础。所谓"平等的地位"指现下诠释者的主动姿态，必然含有其文化政治的议程；这也确立了文学的主体，而不是别的，须落实到对翻译文本及其流传轨迹的具体审视。"互动"是一种流行的诠释方法，"可是互动是不是真正的平等呢？"这么发问很有意味。对李先生来说，怀疑是一种治学方法，也是一种动力，重要的是探索过程。这发问意谓"互动"不能遮蔽历史上的不平等，这是客观事实，而文学含有更多的不确定，在文化和心理的深层是否存在有关平等的多种权力秩序？

对林纾翻译的考察也是在一连串的疑问中展开。林纾翻译了百十种小说，在世界文学的图谱里该有怎样的位置？对现代中国的

"文学"和"小说"的观念和形式做出了什么贡献？晚清翻译与"五四"文学有怎样的交涉？林纾的古文对今天有怎样的价值？确实，林译本身，包括"文学"和"小说"都是外来的，都是受西方影响的结果。当我们从文学史的"现代性"规整叙事回到晚清文学的现场，可以发现各种现代文学"源起"的迷思错综交叉。比方林纾翻译了二十三部哈葛德小说，只翻译了五部狄更斯，即使从今天的世界文学的经典观念来看，也似不足为训。李先生以林纾的《鬼山狼侠传》（*Nada the Lily*）翻译为例揭示"文化政治"——一个有关"平等"的话题："你发现一个很奇怪的现象就是，同一时代的两个作家，一个哈葛德，一个林纾，同样说要尚武，同样推崇自己心目中的英雄，可是出自完全不同的解释，而这解释只能说是对等的，因为大英帝国在哈葛德眼中开始衰弱了，虽然当时国力很强，但在林纾的心目中，大清帝国已经衰弱得非常厉害，无可救药了。"

"对等"一词在这次李先生的讲座中再三出现，是他研究世界文学的一个基本方法。他提道："如果一个系统里面有一些书或一些作品，经过翻译的引介传到另外一个系统，在另一个系统里面开始生根，开始影响这个系统里面的文学创作的时候，这两者就合在一起构成了世界文学的一个基本的出发点，这是目前达姆罗什和一般的西方学者所共同的信念。"他运用这一方法在中国"系统"中分析了林纾的《鬼山狼侠传》，但不只于此，尽管在后殖民研究中哈葛德是个臭名昭著的文化帝国主义者，他更在英语"系统"中对《鬼山狼侠传》的译文原作加以分析，从而超越后殖民理论的局限而显出哈葛德的另一面——把非洲祖鲁族当作"尚武"英雄而批评了大英帝国的文化衰弱。这样的"对等"方法带来历史的复杂面相，也为林纾提供了切实而有趣的参照。

林纾的"古文"翻译根植于自身的文学"系统"之中，然而当他把哈葛德的二流英文提升为有着从史迁到桐城派的尊贵传统的古文，却反客为主，将外来影响创造性转换，散发出种子，在"系统"中生根发芽，催生出一系列晚清式吊诡：林纾建立了一个翻译古文，把新知识带进来，也革新了古文传统；他用古文翻译小说，实际上提高了小说的地位；西方文学进入中国打头阵的却是通俗类型，等等。李先生的讲座内容丰富，连譬类喻，分梳源流，涉及言情、历史、侠义等通俗类型，还联系到其他方面。从世界文学的立场看，他认为林纾的贡献是远被低估的，并提出一系列观点："古文为中国的世界文学奠定了一个基础，不是白话"；"他基本上是为中国通俗小说奠定了一个非常深厚的基础"；又如"翻译的作品应该构成中国现代文学的一部分"，"所谓中国近代文学的定义就是鸦片战争到'五四'这段时期，对我来说这是最重要的一个时期"。对于迄今的中国现代文学史来说，这些观点是富于挑战性的。

对于世界文学中翻译的主客体关系，一般强调西方主宰的不平等关系，如罗伯托·施沃兹认为："源文学可能成为直接或间接的借贷来源……文学干涉中没有对称。目的语文学时常受到源文学的干涉，而源文学却完全忽视了它。"（《世界文学理论读本》，北京大学出版社，2013 年第 125 页）林纾的翻译固然体现了这种借贷关系，却造成某种主客换置的结果，远较源文学来得重要。这种情况在晚清民初的翻译中大量存在，有的将原作的人名、地名直接改成中国的，或不标出原作者，或如周瘦鹃仿作外国故事，干脆称之为"杜撰"。这些作品向来不被重视，翻译史也不屑一提，但从世界文学的角度看却是个重要而有趣的流通现象，其主客体关系具有多种样式，且对创作发生作用。正因为晚清民初的文学处于某种混沌形态，充满不确定性，到新文学运动发生，周作人、郑振铎等人主张翻译的科学性和规范性，翻译上的混沌状态逐渐终止，这些现象似乎都值得关注，还有开展探索的空间。

林纾对鸳鸯蝴蝶派和"五四"一代都深有影响，近年来有不少学者为他"翻案"，如韩嵩文（Michael Hill）的《林纾公司：翻译与现代中国文化的形成》（*Lin Shu，Inc．：Translation and the Making of Modern Chinese Culture．*New York：Oxford University Press，2012）和樽本照雄的《林纾冤案事件簿》等堪称力作，不过要正视他的贡献，大约还得在观念上走出"现代"和"白话"的迷思。同样的，不仅翻译研究，所谓"晚清民初"也是近二三十年来形成的分期概念，包括对"通俗""海派"的研究，涌现了大量成果。其实，李先生最早把林纾和徐志摩、郁达夫等等量齐观，就持一种晚清以来长时段的"现代"观，而在世界文学的这盘大棋里，通过理论介入和个案解析，标识出古今中外的纵横交错的复杂关系，使我们能在更为广阔的视野中"反思"近代和现代、古文与白话、翻译和创作、文学与文化整体的关系，也更指向跨界的研究方法。李先生说："如果晚清是要把世界带进中国，'五四'就是要把中国带进世界。"这一区别富于卓见，这两者之间林纾的"古文"及传统文化扮演了至关重要的角色，由此"反思"以进化观为基础的文学"现代性"，则启迪良多。

"对等"是方法，而"把形式放在第一位"，于林纾则聚焦于他的"古文"，所谓"世界文学进入中国本土的话，变成一个古文的问题"。不理论先行，不后设之见，而以政治、经济和意识形态的历史为背景，从文学和文化体系与感情结构来揭示文本的深层意涵。当说到大卫·霍克思翻译的《红楼梦》的好处是"因为他在英国的诗词歌赋里面找到相对等的地方"，因此"对等"也指一种艺术境界。或如马勒把孟浩然和李白的诗谱入《大地之歌》，"因为他从中国古诗灵感里面找到了相对等的德国的艺术现代性"，这以接受中国影响的"互动"体现了世界文学的"多重中心"。

在检讨了过去自己对鲁迅研究的不足之后，李先生在鲁迅和欧洲文学的关系中揭示《野草》的语言特征。这好似一种复调式诠释结构，一方面将《颓败线上的颤动》《影的告别》等与波德莱尔的散文诗作文本"细读"比较，另一方面勾画了一幅20世纪20年代欧洲"现代主义高潮"的图景，列举了卡夫卡、艾略特、马雅可夫斯基等人，以此来映现鲁迅《野草》创作的世界氛围和精神联系。的确，鲁迅不知道卡夫卡，也没读过艾略特的《荒原》，这里李先生不局限于具体文本的影响，而是沿着世界文学的"流通和阅读的模式"的思路作一种跨时空的宏观鸟瞰，并进一步运用"对等"方法探究鲁迅和波德莱尔的关系，但仅用美国新批评或结构主义式的细读是不够的，还同时运用了莫莱蒂的"距离阅读"的方法，"着眼于比文本更小或更大的单位：策略、主题、修辞——或文类和体系"（《世界文学理论读本》，第127页）。这在上面林纾一讲中已经使用过，而此时李先生却溢出文学之外，援引了勋伯格的具现代主义开创性的十二音律的例子，探究两者作品中的韵律和节奏，所谓"我想用这种对等式的，就是好像音乐上两个旋律同时在进行，然后互相来碰撞，来看一看"。结果碰撞出一个惊艳的发现——《野草》中"非和谐感的节奏"。

这一发现为鲁迅也为中国现代文学开启了一扇世界文学之窗。通常我们讲的中国文学"现代性"是指黑格尔或韦伯式的，含有文明理性、历史进步的价值指标，文艺上与科学性的写实主义相联系，而"非和谐感的节奏"则属这种"现代性"的不协之音，具反叛性，与艾略特的反思文明颓败的《荒原》异曲同工。波德莱尔在中国，最初反而是由鸳蝴派《香艳杂志》介绍进来的，后来被称作"恶魔诗人"，不无伦理上的紧张。所谓"现代主义高潮"发生在20世纪20年代的欧洲，最近彼得·沃森在《思想史：从火到弗洛伊德》一书中有"现代主义与无意识的发现"的专章，即把弗洛伊德视作现代主义的精神源头。在文学意义上引进弗洛伊德的应当首推鲁迅在1924年翻译的厨村白川的《苦闷的象征》，更早在1922年他的短篇小说《不周山》便受了弗氏的影响。从这一点看，鲁迅可以说是20世纪20年代的欧洲现代主义的中国先驱。

白话诗文因为创造了节奏而使新文学站稳了脚跟，学者对此津津乐道，而李先生却有点煞风景，说鲁迅不喜欢新诗，谓其散文诗的韵律得力于古典文学。如对《墓碣文》的解读："恐怕也只有文言式的节奏才能够把那种所谓波德莱尔叫作富于变调（vibration）的波浪式的感受体现出来，而且每一次读都是铿然有声。"这里接续了上一场讲林纾的，也特别赞赏鲁迅的"古文"魅力。有趣的是"波浪"的比喻重复出现："《影的告别》是从陶渊明、庄子出来的。

其实有中国的也有外国的，双方是一种大树和波浪式的互相激荡影响，是中国传统文学的家族之树（family tree）和西方文学一波一波互相激荡的东西，到了鲁迅就生成自己的果实。"由此也可见他的"对等"读法随着感情色彩的"波浪"一起，不仅在中西之间，也关乎古今新旧的关系。

对于波德莱尔的关于"过渡、瞬息、随机"的"现代性"名言，他特别注重后面那一句："现代性是艺术的一半，另外那一半是追求永恒。永恒是什么呢？永恒就是艺术的永恒，就是中国所说的'不朽'。"这"不朽"的观念，宇文所安在《追忆》一书中说，对中国文学记忆的传承起巨大作用。李先生强调波德莱尔和艾略特那一代现代主义作家都非常尊重传统，也是造成世界经典之通则，由是以世界文学为契机，反思文学传统的重要性，有意打通古今新旧之间的隔阂。

在施蛰存一讲中，李先生首先表达歉意，说《上海摩登》中把他写得"太浅薄了"，对《魔道》和《夜叉》的论述犯了个"大错"，忽视了文本的文学性，因此声称要用"我现在的一种思维方式来重探施先生的小说的世界"。这场演讲谈到他的理论"反思"，也如一个跨文化研究的橱窗。文本细读不能纯作文本分析而脱离作者，特别是施先生，因为这两篇小说遭到当时左翼的批评而给他的创作带来挫折，遂以其文坛和人生的"孤僻"和"寂寞"作为切入口，将施先生的自述与小说里的西洋文学的书单相结合，描述西文书籍在上海的流通情况，以及他如何在四马路喝咖啡、逛书店和看电影，还讲到他的施尼茨勒的翻译，他对"奇诡""色情"和"幻想"类型的痴迷。李先生说："他的小说怎样的追求一种神怪的、魔力的东西？为什么施先生要追求这个东西？这个问题让我困惑了很久。"在对《魔道》和《夜叉》的分析中也使用中西兼顾的"对等"策略，从弗洛伊德的性心理及其"诡异"理论、施尼茨勒的《决斗》到《聊斋志异》、"志怪"小说及传统诗词歌赋等。此时又告诫读者不能光作文学分析而须在文化史的脉络里探寻其意涵，从而在与当时典型的城乡文化模式比照下指出两篇小说表现了社会急剧变化中城市人失却家园的疏离和恐惧。

施蛰存的《将军底头》等历史小说已有超现实倾向，写到《魔道》和《夜叉》与当时写实主义的主流文坛相去更远，被视为走火入魔。如李先生所解释的，由于施蛰存对"怪诞"文体"着魅"，因此独创出严肃的、富于先锋实验的文本，这也印证了施的惊人之语："20 世纪 30 年代艺术上的先锋（avant-guard）才是真正的左翼。不是写实主义那些东西，不是楼适夷他们所标榜的东西，其实那是落伍的。"的确，因为前卫，曲高和寡，也显出他跟穆时英、刘呐鸥等"新感觉派"的不同。李先生在世界文学的图谱上标出一块奇葩的新地，即现代主义在中国，不仅来自英法、日本、俄国、德国等，经由施先生的不无挑剔的艺术趣味，带来了维也纳的世纪末景观，它或属于小众，却异常璀璨，不消说卡尔·休斯克（Carl Schorske）的《世纪末维也纳》一书为李先生所欣赏，或如彼得·盖伊的《施尼茨勒的世纪》一书描述了施尼茨勒对于欧洲中产阶级文化的形塑扮演了至关重要的角色。继施蛰存之后把弗洛伊德用得最得心应手的大概非张爱玲莫属了。至于"怪诞"和"幻想"小说呼应了后现代的魔幻想象而大放异彩。

最后一讲是张爱玲。之前已经写过不少，《上海摩登》之后有《苍凉与世故：张爱玲的启示》《睇色，戒——文学·电影·历史》等，这次谈她的"双语写作"——"全球化理论一个很重要的话题"。李先生指出她的早期小说如《第一炉香》里面有英国人，《沉

《睇色，戒——文学·电影·历史》书影

香屑》里有混血儿，《连环套》里面有印度人，已是上海大都会里多民族混杂的镜像。作为双语写作的另一种隐形表现，如《倾城之恋》里男女主角的"俏皮话"联系到 20 世纪 40 年代上海流行的好莱坞电影。他说这属于"旁门左道式的研究"，其实在诠释学上有例可循，如钱钟书在《谈艺录》中为黄山谷诗作"补注"，找出诗中与以前文学作品的隐含的互文痕迹，而张爱玲文本则和上海的世界性"文化记忆"有关，如李先生说："这些蛛丝马迹的证据让我感觉到，张爱玲的创作其实借助了很多英文，或者英语带来的文化活动，或者是文化的内涵。"这需要研究者对当时文学与文化流通有更多的了解。

对张爱玲在美国的"双语写作"，李先生带来了刚出版的她的英语小说《少帅》（*The Young Marshall*），连同她的另两部自传体小说《雷峰塔》（*The Fall of the Pagoda*）和《易经》（*The Book of Change*）一起讨论。与对待前期小说的方法不同，倒过来分析其英文写作中的中文元素。"这个中文的影子在技巧上是怎样用英文的手段把它呈现出来的？呈现的方式有哪几个层次？它和原来的英文产生了怎样的互动或者是吊诡？"简单地说，张爱玲在美国写了好几部小说，为何屡遭失败？虽有各种因素，但有一点，如李先生的分析指出，她硬要传达中文的原汁原味，譬如一句成语，一般会套用现成的英文成语，她却用所谓的直译法，这就使英文读者不知所云了。这一点对于理解张爱玲的文化立场也很关键，如她对夏志清说她不喜欢林语堂迎合美国人趣味的做法，而要推广真正中国文学的精粹，所以她言必称《红楼梦》和《海上花列传》。夏志清回答说自己在美国学界也不合时宜，大有惺惺相惜之意。

与张爱玲前期小说不同，英文小说写到男女性爱的地方一部比一部大胆，以《少帅》为最，却手法独特，表现了一种女性的主体意识。此时迎来令人动容的一刻，就像在鲁迅一讲中朗诵艾略特的诗句一样，为了让听众有所感受，李先生当场读了《少帅》中的有关段落，也给整个讲座画上意犹未尽的句号。

　　"我自认为是一个所谓的世界主义者"，李先生在讲座中说。2006 年新版《上海摩登》第三部分的标题重新思考 Reflections，即"反思"，常出现在李先生的著述中，也具其双语写作的背景。这里通过张爱玲反思"上海世界主义"和沪港"双城记"，在全球主义盛行之际（李先生自云要让此书在 1999 年内出版），意在借上海在 20 世纪三四十年代的艺术创新的活力和多元开放的文化精神，寄希望于将来，因此，"上海世界主义"也是一种"中国世界主义"。如果考察"世界主义"一词在中国的流传，也始自晚清。如传教士把"世界主义"称作"基督主义"。1917 年 12 月《东方杂志》上有一篇转译自日文的《世界人之世界主义》，主张日本和中国应当持一种超越种族和国家的"开放"态度，出自鼓励商业投资的动机，这些似不免殖民意味。1906 年 7 月，王国维在其主编的《教育世界》上刊出《述近世教育思想与哲学之关系》一文，介绍康德所代表的"启蒙时代"哲学两大特点——"力戒盲信妄从"和"个人主义"，总结说"是故启蒙时代，自然倾于世界主义"。另外梁启超在 1921 年《清代学术概论》中把康有为的《大同书》和谭嗣同的《仁学》归结为"世界主义"。这是一种"世界主义"的人文传播，而从王国维到梁启超颇有中国化的意味。

对李先生来说，当世界主义与世界文学遭遇，可说是一脉相承而擦出新的思想火花，不啻为中国现代文学悬挂了一张世界文学的地图，虽是四位作家部分作品的流通轨迹，其"对等"读法对于世界文学研究殊具启示性。一种较具影响的范式如劳伦斯·韦努蒂认为译与被译之间存在不平等性而强调译者的主动介入而产生"异化"的结果，由是替代传统的"输入"或"归化"的概念。（《世界文学理论读本》，第 203—206 页）如李先生对林纾翻译的研究所示，在中西古今的脉络中林纾的古文造成雅俗之间的吊诡与张力，比韦努蒂所举的鲁迅《月界旅行》及周氏兄弟《域外小说集》的例子更为重要与复杂。

事实上"对等"读法不拘一格，因人而异，很大程度上延拓与深化了作为世界文学基础的"翻译"观念。如把鲁迅与施蛰存置于20 世纪二三十年代世界现代主义的平台，把他们的翻译实践与作品比较、距离阅读和散点接受相结合，指出鲁迅的《墓碣文》比波德莱尔更为高明以及施蛰存的特殊贡献。而对张爱玲则以其"双语写作"为中心，这在世界文学研究当中恐怕也是独辟蹊径，同样以文学经典为标尺指出其创作上的缺陷。在这些个案中一以贯之的是形式和语言分析，尤其重视中国古典传统及其文字魔力，这方面李先生直言自己以往研究的不足。他认为是否具有古典文化的底蕴也是衡量一个现代作家的重要标准，而探讨他们文学古今演变的关系也是必不可少的课题。

世界文学本身具跨语言、跨民族的性质，现在研究上朝向跨文化乃大势所趋。李先生一向从事文学的跨文化研究，就媒介一端而言，最早《中国现代作家的浪漫一代》中就有"通商口岸的文学报刊"和"五四时期的报业与文学"的章节。1993年发表《"批评空间"的开创——从〈申报·自由谈〉谈起》，对报纸的文学副刊作跨文化研究。嗣后在贺麦晓、瓦格纳等学者的推动下，形成所谓近代报刊与文学或文化的研究领域，至今不衰。在这四讲中演绎世界文学的"流通"性，每位作家看过什么书及其流通渠道，包括诸多细节：如哈葛德小说在印度的流行、施蛰存的外文藏书、张爱玲看英文杂志等，从个人喜好、文学生产到文化环境，无不为考察对象。在诠释文学文本时引征电影如数家珍，甚至涉及音乐或建筑。

至于对各种理论应当作一番协商中介的作用，也是一种媒介意识的自觉体现。

　　世界文学观念的重新激活使歌德回到现场，以扬弃其欧洲中心主义为前提。一些学者认为，歌德促进各民族和谐共处的理想及其人文传统仍有待实践，而在李先生的确贯彻了这种人文精神，如埃里希·奥尔巴赫所言："我们的世界文学观念与前此的观念相比，具有同样的人性和人文主义关怀，其隐含的历史理解——这是世界文学观念的基础——也与此前的理解不同，但却是那种理解的发展，没有前者，后者是不可想象的。"（《世界文学理论读本》，第83页）或更确切地说，他的讲座从林纾开始，似回到他当初的浪漫情怀。诚如王德威称李先生"但开风气不为师"，我想这大概是因为他自取一种边缘而多元的态度，他的批评与说教绝缘，是个人的、探索的，旨在鼓励独立的思考和想象，有时会自嘲一下；另外大概也缘自他对时间、对历史的一份敏感，如讲到"后人类学"的兴起，意识到"人文主义已经到了尽头了"，"人类到了某一个尽头，它的整个遗产已经走向另外一个时代"。但他不悲观，却退一步立足于人文传统，在反思中作狐步转身。比如对于世界文学的探讨，说他用的是"最老式的历史的方法"，反对动辄"理论化，变成一种后现代的语境"，或"用了一些非常时髦的话语，而遮盖了一些非常复杂的问题"。他不惮"复古"之嫌而"希望把文言带进一个最后现代的全球化的语境里面"，甚至慨叹现代文学中缺少鬼，想尝试创作一篇鬼故事，其中有鬼屋、有间谍，儿子使用最高科技的电脑破解他父亲遗留下来的旧体诗密码。在这么说的时候，我们看到一个有趣的李先生，总是对未来抱着好奇与想象，就像他的最近见世的一本论文集即题为《现代性的想象》。

世上不乏特立独行的思想者，以赛亚·伯林在《浪漫主义的根源》一书中指出，在历史上浪漫主义是对欧洲启蒙理性的反拨，其飞扬激情与艺术创新产生深远的影响，具永久的生命力。李先生的讲座属学术性质，理论气息浓厚，抽象词语处处可见，当然那是经过选择的，如他几乎不用思想或文化研究中惯见的"话语"一词。其论述具实证、经验的特点，通常是切入某一议题，由点及面，所谓"转转转"，视域之开阔予人以天马行空之感，而思路清晰，血脉贯通，路路通向普遍的人性与人文价值，也是其著述广受欢迎之故。或许最让人印象深刻与最具启发的是他的审美情趣与品味，贯穿在他对作家的文心创意的追索之中，如以"土味"和"洋味"来谈张爱玲的小说，或说："古文如果已死的话，我们整个的现代文学里面，不只是鲁迅一个人，很多人里面的文章的韵味就少了一半。"这样的批评乃将浪漫激情与理性思考相糅合而体现为一种"感性"（sensibility），细腻、尖锐而优雅。这里不妨再引一段：

　　为什么我注重复杂性呢？因为往往人类的创造、文化的演进，都是在一种偶然的互撞的情况下发生的，我现在特别注重这种冲撞互动的偶然性，同一个时间，不同的人，没有什么影响，互相之间突然发生类似感受到的东西，不然的话就没有办法讲世界文学了，不过我这种想法呢，现在没有人响应，我也是姑妄说之而已。

　　说艺术创造或历史的"偶然性"并不新奇，理论上应当根源于浪漫主义对直觉、天才和灵感的认识。这颇能说明李先生首重感受的治学态度，且对他来说这也是能否把握世界文学的"复杂性"的前提。的确，"偶然性"含有难以理喻的不确定性，因此也决定了其治学过程的探索特质，背后有着某种深刻的怀疑精神。这番"姑妄说之"出现在与学生的互动环节，可说是一种偶发的自报家门，很难得。

最后，须说明的是，上海交通大学教务处为"通识名家讲座"提供资助，丁晓平、符杰祥教授提供了完整的视频录像。第一、二部分的演讲和各讲的问答部分由束慧能整理，第三、四讲由樊诗颖整理，我作了统稿与校订。施蛰存先生的藏书书影由苏州大学季进教授提供。另外得到张历君和崔文东的帮助，东方出版中心的冯媛女士对讲稿作了仔细认真的编辑工作，谨在此向他们致以诚挚的谢忱。

2022 年 4 月 3 日于沪上寓所